滄海叢刊

康莊有待

向陽著

1985

東大圖書公司印行

中華民國七十四年五月初版

© 康莊有待

基本定價貳元柒角捌分

著作者　向陽
發行人　劉仲文
出版者　東大圖書股份有限公司
總經銷　三民書局股份有限公司
印刷所　東大圖書股份有限公司
臺北市重慶南路一段六十一號二樓
郵撥：〇一〇七一七五—〇號

行政院新聞局登記證局版臺業字第〇一九七號

自序

民國六十六年十月我入伍服役後，應當時「愛書人」雜誌之邀撰寫專欄，收在本書第二輯的大部份篇章，卽是其時率爾操觚的產物。時光流逝，如今已越八年，我「詩」有餘力所寫的評論，在淘汰去取之後，只能集成如此單薄的一冊，不能不感到慚愧。

「康莊有待」，做爲我的第一本評論文集的書名，多少也反映了這種心情。嬾散荒疎的愧悔，與砥礪琢磨的自期，是我不忍棄置本書的原因。

另一個原因是，做爲本書各文寫作時間較近的篇名，收集在第一輯的「康莊有待」，是我從事業餘評論以來，用心最力的一篇論文。它總結了過去八年來我零散發表的評論寫作，也增強了我從事嚴肅評論的信心。

本書依性質異同，略分三輯。第一輯五篇，集中於對新文學發展過程的思考，或概述、或析論、或省思，不乏我的文學偏見，但願對於在臺灣發展中的當代文學能有芻蕘之益。

第二輯十六篇，前八篇係行伍階段「愛書人」專欄之作，後七篇係「陽光小集」詩雜誌時期發表的短評。有觀念的提出、有事理的探討、有因書文而起的評析，以其章法、篇幅相近，都爲一輯。

第三輯七篇，除首篇「返樸拙，歸清眞」屬作家個論外，餘皆爲文學類書的讀介。所談之書或因約稿而作、或應友朋之邀而寫，自有其極限，唯可告慰者，其中絕無酬酢之作耳。

希望本書之出版，能對關心新文學的讀者有些微稗益；也希望本書的結集，是對個人從事評論的最大鞭策。

向陽

康莊有待目次

三、情愛長青

一、康莊有待

唯其文學與整個民族同一血脈，方能與在此一民族香火傳承下的所有子民，共同背負沉重的歷史、面對共同的坎坷的未來；

唯其文學與整個社會同一呼息，方能與在此一社會大地上生活的子民，共同感受時代的撞擊、敲響現實的木鐸。

走出堂堂大道

——淺論新文學六十年思潮

中國新文學運動自民國六年一月胡適在「新青年」雜誌發表「文學改良芻議」以來，已逾六十有三年，六十多年來，風雨交織，論爭未嘗稍輟，整個中國文學的路向雖然改變了過來，但文學的基本問題仍然存在。考其原因，大概是六十年來的大小論爭，其論於文學本身者少，爭於文學目的者多；如何發揚、深固文學之民族表徵的考慮少，如何假借、利用文學之反映媒體的爭執多。而以文學爲社會改革的工具，以政治變更爲文學的媒介目的，實爲文學的厄運；突出文學的媒體效果，致減損甚至貶抑文學的精神功能，則更是文學的悲哀。

文學遭受各種媒體入侵

不幸的是，中國新文學六十餘年來的發展，正是這種厄運的「疊印」；更可惜的是，即使經過如此長久階段的文學厄運，就在此時此地，文學仍因各類媒體的入侵和浸蝕，以致愈形軟弱無力，愈形悲哀！

「文學改良芻議」吹響文學革命的號角，也揭開了中國新文學運動的序幕。就文學體例的變革而言，無疑這是行將衰竭的中國文學所必須，誠如鼓吹者胡適越十六年後（即民國二十二年）在他的「逼上梁山」一文中所追述：「一部中國文學史只是一部文字形式（工具）新陳代謝的歷史，只是『活文學』隨時起來替代了『死文學』的歷史。文學的生命全靠能用一個時代的活的工具來表現一個時代的情感與思想。工具僵化了，必須另換新的、活的，這就是『文學革命』。」又說：「若要造一種活的文學，必須有活的工具。」然則如就文學生命來說，所謂「八事」：㈠須言之有物、㈡不摹仿古人、㈢須講求文法、㈣不作無病之呻吟、㈤務去爛調套語、㈥不用典、㈦不講對仗、㈧不避俗字俗語（見「文學改良芻議」）其實了無新義，任何文學作品如果不重創新自當「僵斃」，本無待標明，嚴格說來，胡適的「文學八事」也只是一種「作文講話」罷了——但由於當時外在環境的需求，諸如維新變法之刺激，西洋文化之引進，報章雜誌的盛行……等，這篇胡適所自傲的「新覺悟」之作，遂成為中國新文學運動的先聲，而如此先聲，乃就導致此後六十年間中國新文學發展之無可避免的錯誤——以文學為工具或媒體，隨意加以改造、扭曲或翻新、運用，來達成非文學的目的。

新文學運動之初期（約至民國十七年左右），還只是「嘗試」和摸索階段，要求改革、創新，希望借文學為「利器」以改良社會風氣，變化國民氣質，要求「老老實實講話，務期老嫗能解」（見錢玄同「寄陳獨秀」），基本上是在文言與白話的功能上做爭辯，反對舊國粹，提倡新思想種種都猶待努力。故在這一階段，文學評論勝於文學作品，文學理論之成爲社會改革的先鋒等皆屬難免，也因此文學除「服膺」於「國語的文學」（胡適）和「人的文學」（周作人）之外，未受汚染，但文學之爲「工具」——藉以推翻國粹、改良社會，提倡新思潮——則是「宿命」了！

到了第二期（約至民國二十六年止）新文學步入「成長期」，這時由於國內政治的混亂，加上共產黨的左右，政治侵入了文學的領域。早在民國十五年，卽由浪漫主義者郭沫若叫出了這樣一句話：「凡是表同情於無產階級，而同時反抗浪漫主義的，便是革命文學。」又宣稱：「文學是永遠革命的，眞正的文學只有革命文學一種。」（見「文學與革命」）這篇宣言雖然思想混雜，口號空洞，卻由於當時共黨的宣傳，以及知識份子對北洋軍閥、帝國主義者之嘴臉的唾棄，而甚加以注意，乃至形成狂潮，使得掛著「革命」招牌的普羅文學爲之氣焰高張。如此思想，表現在文學作品上，自然形成粗糙、枯竭，加上由於政治路線驅使文學表現甚至界定文學內容，不僅使文學成爲政治的御用工具，也使得中國新文學的成長受到極爲嚴重的創傷——文學已非文學之自身，而且只是政治野心的化粧品與催淚劑。這就應了梁實秋當時所做的評斷：「純粹以文學爲革命的工具，革命終結的時候，工具的效用也就截止……以文學的性質而限於『革命的』，是不啻以文學的固定的永久的價值縮減至暫時的變態的程度。」（見「文學與革命」）

所以到了新文學發展的第三期（截至大陸淪陷前），革命文學乾脆摒棄了所謂「大眾化」和「民族形式」等教條要求，直接服役於毛澤東在延安文藝座談會的講話「文藝服從於政治；文藝是從屬於政治的；一切文化或文學藝術都是屬於一定的階級，屬於一定的政治路線的；文藝批評必須以政治標準放在第一位，以藝術標準放在第二位。」（見周錦「中國新文學史」頁五五二）——於是文學遂墮落爲宣傳和口號，更在共產黨的策應下，成爲替中共政權舖路的踏腳石！

如此回顧大陸淪陷前整個中國新文學運動的發展概況，顯然是粗淺的，但我們最少可以得到一個結論，那就是以文學做爲工具（或手段），來達到非文學的目的，不僅文學本身易受斲喪，甚至將使家國民族受其牽累。夏志清對此有極精闢的見解：「現代中國文學爭論的歷史，就是教條的極端分子和共產黨員同大多數作家之間一連串爭論的歷史：前者爲了達到某種目標，把文學和文學見解看成一種手段，後者卽使在政治上也是馬列主義者，但他們寧願自由寫作，多少還顧到藝術原則。」（見「中國現代小說史」頁三二五）然則「自由寫作」、「藝術原則」種種到頭還是證明了必然的幻滅。

而此一「牽累」、「幻滅」主要仍來自於文學的考慮。文學之強調其媒體價值或突出其媒介功用，乃至於以工具等而視之，初則或可革新、強化一文體之老大衰竭，但如趨於極端，最易形成教條，而此教條勢將影響文學的本質，文學本質的淪喪，又勢將斲殺民族之生機。環扣聯鎖，因循相殘，其後果堪慮。

鄉土文學論戰的後遺症

我們不妨跳開以上的回憶，直接就此時此地的文學狀況另做觀察。

我們的焦點不得不落在「鄉土文學論戰」，特別是此一論戰發生後的現狀上。關於鄉土文學的產生背景及其優劣辯證，論者甚多（結集有尉天驄編「鄉土文學討論集」、青溪學會編印「當前文學問題總批判」等），其觀點就今日看來，十分歧異，恐怕有待於日後文學史家之慧眼定奪，方能歸納澄清，此處不做妄臆。我們所要談的是：一、鄉土文學論戰的發生是否浪費，二、鄉土文學論戰所產生之後遺。

首先，就文學來說，題材的選擇常來自創作者之所見所聞所熟悉，技巧的運用則決定於創作者之所長所好所偏愛，主旨的呈現也端視創作者之能力學養和生命觀而有所異同。創作者選擇題材，運用技巧來呈現其所欲表達之主旨，原爲文學產生之必然流程。文學之好壞，無關於其題材選擇之大小、技巧運用之類別和主旨呈現之善惡，文學所問者，乃是——能否在特殊或部份題材中輻射出普遍而廣泛的經驗？能否善用創作技巧，表達完整的主旨？又能否自其主旨（或善或惡，或光明或黑暗）中引導給讀者一種反省或希望？如果能够，則是文學的成功，否則，即是失敗！而文學優劣之考驗，猶諸園圃花木之盛凋，往往不是取決於賞花人，而端憑歷史的風雨作證。文學之受歡迎，或許今日卽可；文學之有影響，則須來日論定。一時的喧呶褒貶對文學其實毫無力量，只有文學本身自足，方能突破時空，放出異彩。從此立場看，不只鄉土文學論戰，凡一切文學論爭，如其只限於手段之糾纏，均無必要。但無必要而竟發生了，自有其原因，最大的原因恐怕還是在於文學功用觀的異同。

贊成或反對鄉土文學者之最大執意點，想也是在此一基點上。諸如：「鄉土文學的題材狹隘，具有地域性」，反對！而不問文學之感動人，不在處理時空的寬窄久暫，而在其題材是否輻射了人類普及的經驗；「鄉土文學關心的對象偏頗，具有排他性」，反對！而不問其是否映現永恆的人性；「鄉土文學描寫社會不平，有醜化社會之跡象」，反對！而不問其中是否在不平或黑暗面中仍能提供反省或希望……這種種，相對於鄉土文學作家，自亦需要自我約束，所追求的是文學永恆的光呢？或者只是一時一地一事一物的「調查報告」？——文學不是傳播媒體，更非傳播工具，不把文學看成發光體，不使其眞正成爲我們民族精神的放射和表徵，而視之爲新聞，或甚至不如新聞，則此一喧騰一時的鄉土文學論戰實在是很「浪費」的，沒有必要而發生了，也實在是中國新文學發展階段中的一大悲哀。

在如此情況下結束了的論戰，其後遺必多，目前可以明顯看到的約有二者：㊀嚴肅誠懇的鄉土文學作品忽然少見了，但不少披著或沒有自覺地使用鄉土方言的作品大量出籠。我們很難在徒具鄉土表態的作品中看到或感到人性的眞正光澤，只能聽到某些「牙牙學語」者缺乏深刻關注與視景的假聲。傳播的效果或許達到了，文學本質的光圈則十分隱晦。對當初反對鄉土文學者，恐怕更不願見，對雖然使用鄉土題材而眞正忠於文學的創作者來說，則這是瓦釜雷鳴的悲哀！㈡部份「只要青春不要痘」的報導文學開始走入文壇，文學工作者的嚴肅態度顯然已較少見，只有感傷的浮面描寫，刻板的資料統計，或者成爲個人遊記、遭遇的敍述，其缺點自然也就是以傳播方式來替代文學的表達，卽使用語充滿感情，鏡頭對準落後或稀有現象，而未能探討文學的「痘」——創作者面對一事件或一對象時所產生的回應和反射，也還是一種悲哀！

重新出發不是革命

從過去三十年新文學所遭受的厄運裏，以至又過另一個三十年新文學仍逃不過的悲哀中，事實上，我們已經到了一個需要認眞反省、重新出發的時刻了！

重新出發是必須的，但重新出發不是革命，也沒有必要發展爲革命，尤其文學思潮常常是週迴輪轉，生生不息的，沒有一個思潮可以眞正打倒另一個思潮，也沒有一個思潮可以取代另一個思潮。只有輪替，而非革命；只有改良，而非改變。

因此，我們首先面對的是，站在什麼樣的立場上？在什麼立場上，我們如何重新出發？

最後是，我們的目標是什麼？方向何在？

我們必須重申：文學的本質恆久不變，做爲民族的精神表徵，文學正確而深刻地反射出此一民族的基本性格和精神；而文學的形貌常變，做爲反映（或傳播）心志的媒體，其方式常因外在變數的游移而異同。任何文學見解，如其只考量文學的傳達功能及其浮面效力，很可能就「強姦」了文學，而使文學淪爲非文學之工具；如其只重文學本身的經營及其美學效果，也可能「孤立」了文學，而使文學徒爲奢侈的展示品，甚至成爲一潭死水。

就文學的本質及其傳達功能之無可偏廢來考慮，正好可以指出文學的立場所在。我們以爲，這樣的立場是值得提供討論的：

第一、要注意外在形式的美學標準，以求取最美的藝術表達。

第二、要着重內在肌理的人道精神，以直溯最善的人性闡發。

第三、要兼融古今中外的文學思潮，以提昇最眞的思想境界。

美、善和眞其實並非新意，但是就新文學運動以來的各項論爭加以檢討，卻正是我們未來文學走向的較好指針。且讓我們回憶前文所述。「文學革命」時代，「是要用活的語言來創作新中國的新文學——來創作活的文學，人的文學」（胡適），「用這人道主義爲本，對於人生諸問題加以記錄研究的文字，便謂之『人的文學』」（周作人），在這種見解下產生的文學，除了文字（工具）改變外，另外包括了思想革命——人道主義的提出，然則對於「美」的問題，格於「小腳放大」，實在無法也無力照顧到，對於「眞」的提昇，則爲求徹底破壞舊文學，乃刻意反抗傳統，宗情西洋；及至「革命文學」時代，「我們現在所需要的文藝是站在第四階級說話的文藝，其形式是寫實主義的，內容上是社會主義的。除此以外……都已過去了。」（郭沫若），「我們的文學家，應該同時是一個革命家……他的藝術的武器，同時就是無產階級的武器的藝術。」（李初黎），如此主張，連早期人道主義的善都摒於「階級」之外，對美和眞的追求則更是全盤抹煞。再以「鄉土文學論戰」後的文壇現況來看，嚴格說，文學技巧的美已達到相當水平，但人道主義的善則似乎仍受打擊，而最明顯的是，做爲「現代文學」之反動的鄉土文學開始後，國內已甚少見及外國文學思潮或作品之引介，論者每以爲國人之昧於外國文學思潮是文壇一大「危機」，實非過言。

針對中國新文學發展的缺失，前述的「三要」立場是頗值得參考的，而基於此三要立場，我們以爲不妨依底下的三個方式重新出發：

一、請尊重文學本身具足的世界，不以文學爲手段而求取非文學的各種目的。唯有文學不受「姦污」、利用，才有希望；也唯有文學能自由發揮，不被限制，而後中國文學才可能花繁葉茂，結果生根。

二、請關心人性善善惡惡的基本問題，以誠懇的心靈、深刻的筆觸來面對人性，挖掘人性。唯有人性的嚴肅面對，文學才是人類眞正的心聲；也唯有挖掘人性的善惡，文學才眞能成爲心靈的明燈。

三、請了解中外重要的文學思潮，並加以研析統合，來獨塑作品的深度並廣延作品的幅度。唯有當我們知所棄擇，文學才不致徬徨於歐風美雨，猶豫於現實鄉土；也唯有當我們掌握到世界文學的共通性，眞正的民族文學始有綮開的可能。

使文學真正成為民族的靈魂

以上所述，是我個人對中國新文學發展以來痛切的反省和呼籲。文學本身沒有錯誤，歷史也不重演，但易錯誤的是文學的淪喪和低落，易重演的是歷史的因循和厄運。與其責備前代「誤入迷途」，不如就從我們及將來的一代起，認眞思索，努力創作，走出堂堂文學大道來。

讓我們深植文學的根莖，在民族的大土壤中紮得更深固，使文學眞正成爲民族的靈魂；也讓我們結綻文學的果實，不爲一時的花葉眩迷，讓文學卽使飄零，也是果實落地，種籽再度生根，使文學正確反射出這一時代的形貌！

而我們期待這陣新的風潮趕快來臨，這股新的力量盡快凝聚。

——七十年元月六日「時報雜誌」五十八期

要大地，也要香火

——對三十年來文學發展的省思

一

文學是民族的文化的重要傳衍，同時也是社會的文化的明顯表徵。就民族文化的傳衍來看，文學以縱經突出了民族的生命，也爲民族的賡續刻繪出進步或退化的紀錄，而且通常是一種整合的呈現，並浮凸出民族的眞正精神；就社會文化的表徵來看，文學以橫緯傳達着社會的生活，也爲社會的演進描摩出悲哀與喜樂的形象，而且通常是殊相的提出，並反映出社會的繁複面貌。

故文學基本上是具有民族性與社會性的，英國文學不可能同於中國文學，已開發社會的文學也不可能同於開發中社會的文學。有什麼樣的民族文化便會產生什麼樣的文學，有什麼樣的社會文化也一樣會產生什麼樣的文學。消極上來說，文學只是在忠實地反映它所存在的時空；積極上看，文學的發揚則有所促進於它所存在時空文化的進展。

一個民族的精神是否永健常有，從它的文學發展看得出來；一個社會的面貌是否活潑矯壯，從它的文學看得出來；一個文化的形態是否正常運作，從它的文學成就更可以看得出來。

文學既是民族的，使用民族語言表達出來的，當然應該是整個民族的生命傳承；文學既是社會的，針對社會現狀反映出來的，當然應該是整個社會的生活表徵。

只有文學在縱的繼承上與傳統掛鈎，在橫的反映上與現代接榫，文學方是文化領域中可貴的柱石，文化也才可望藉文學增益其領域。

對六十年來慘淡經營、且歇且進的中國新文學運動來說，由於時空的特殊，國運民脈的多舛，文學的進程顚躑頗多。一方面它是新創的運動，在揚棄傳統與延續傳統上不能不大費斟酌，亦破亦建；一方面它是整個時代的產物，在反映社會與引導社會上也不能不隨時遷易，或起或伏。因此，這六十年來的新文學運動可說是民族的縮影、社會的顯像、文化的刻度計。

如果以三十八年大陸易幟爲時間界點，往前推至民國八年新文學運動的創發，剛好是三十年；往後延至民國六十八年鄉土文學論戰全部落幕，也正好是三十年。

以三十年爲一代，前一個三十年，可說是文學體例的大變革期，對傳統採取了否定的態度，想借對民族的文化的大破求得新民族文化的大立；而對社會也採取了否定的態度，思以文學爲「利器」以「改良社會風氣，變化國民氣質」。後一個三十年，可說是文學發展的大摸索期，對傳統採取的是先否定後返歸的態度，在「全盤西化」的迷霧中走出，重新拾起傳統的香火；而對社會也採取了先否定後返歸的態度，從「超現實」的夢囈中走出，重新歸根於社會的大地。

前一個三十年的大變革，有其不得不然，也有其勢所必然，其間有誤導、有迷惘、也有悲劇，以今天的眼光來看，我們同情多於譴責。後一個三十年的大摸索，則是文學在大時代中療傷止痛，尋求生機的時期，其間雖然也有誤導與迷惘，但總能在不斷試探中向前指進，並未造成文學的厄運，且能逐漸導入於「反身傳統，擁抱現實」的正途，可說是十分幸運的。而在此一三十年間成長的青年文學工作者，從吸收到反芻，從自覺到成長，每個人的文學心路多少烙上了這一代文學發展的印痕，不管是反省個人的成長，或檢視文學發展的趨勢，大抵都是瞭解多於同情，肯定多於否定的。

身爲青年文學工作者之一，在這三十年間，我接受民族文化的教育，社會文化的熏陶，幸而又不幸地走上文學——特別是擾攘不停的現代詩——的路子上，對三十年來的文學發展雖然不是十分熟悉，但耳濡目染，透過文字，透過已經泛黃的論戰殘稿，事實上，也透過自身的創作歷程，對三十年來的文學發展也可說是「感同身受」。

勉強爲這三十年來在臺灣發展的中國新文學分階段，大概可以三階段言之。第一是「戰鬪文學」時期，約自三十八年至四十五年之間，第二是「現代主義」時期，約自四十五年至五十五年之間，第三是反省時期，約自五十五年至六十八年之間。以我個人的成長來看，我生於「戰鬪文學」時期，長於「現代主義」時期；以文學歷程來看，我所吸收的文學養分率爲「現代主義」時期的作品，所創作的與所自覺的則屬「反省時期」的產物，而所面對的則爲文學生命與民族、社會互濟互生的使命。

在這種猶如果之仰賴於花，花之仰賴於葉，葉之仰賴於根的依存狀態中，我對於三十年來的文學發展，也就常常反省，不斷思考，希望能從中了解個人所應站立的位置及個人必須努力的方向。

因此，我願意以一個青年文學工作者的身分，對這三十年來文學發展的感受，寫下不成熟但是誠懇的省思。向三十年來不斷創作或曾在其中某一階段活躍過的文壇先進，表達一個晚輩的敬意；與一樣是在戰後出生，身受這三十年文學潮流所激盪、所撫育、所啟示的同輩互相鼓勵。

二

我們必要先對三十年來在臺灣的中國新文學發展，就其狀況及當時社會環境做一個概括性的敘述。

如前節概略所分之階段，第一階段約自民國三十八年政府播遷來臺，至四十五年的整軍建武時期，這七年間臺灣的生存環境，在經濟社會上，從土地改革到三七五減租，然後過渡到耕者有其田，以迄民國四十二年接受美援，展開第一個四年計劃。在軍事上是磨礪以須，經濟上則求提高生產，社會上力求穩定——文學創作相對於如此一個大環境，所表現的自然也就是以「戰鬥」、「反共」爲主題的謳歌，民國三十九年成立的中國文藝協會在其成立宣言中表示：「我們是文藝工作者，同時是自由中國文藝的戰士」，「中國文藝工作者特別需要站在戰鬥的前哨……在卽將到來的正義對暴力的總決戰中，爭取光榮的勝利」，可見出當時的文學創作，是與社會狀況相結合的。雖然後來流於形式，且由於文學工作者求「戰鬥」心切，致使文學作品的素質稍嫌粗糙，但就其反映當時整個外有強敵、內待整建的環境來看，仍具相當價值；而就新文學的來臺播種而言，則利弊互見。何以言之？第一，當時能使用中文寫作的省籍作家較少，來臺作家的投入使得因日據末期幾乎中斷的中國新文學傳統得以接續，不致形同虛空，同時也使得省籍作家得以觀摩，並迅速通過文字的障礙，重行創作，此爲其利；第二，則是由於作品表現主題趨於單一，而眞能擲地有聲者嫌少，等到流於形式後，反於失去了原來揭櫫「戰鬥」旗幟時的眞率了，此爲其弊。而此一弊病，又導致了第二階段「現代主義」的反動與「全盤西化」的無根。

第二階段約自四十五年美援實施後至五十五年美援停止前的這段期間。這十年間對臺灣的社會影響至鉅，由於物質上的不斷改善，相對地，精神上也產生了依賴的心理，美國式的意識型態、價値觀念及生活方式，逐漸侵擾到知識份子的心中；在經濟上，則是工商業不斷發展，都市快速而畸型地出現，而第一階段中復甦的農村經濟至此則成爲「犧牲」。以農業人口爲例，四十一年猶佔六一%，到五十九年已降至四四·五%，農村人口急速外流，農村子弟或就學、或就業，都成了都市的「流動人口」，農業的凋零已在此一階段出現了預警。相對於此一環境，文學上反映出的也是抄襲西方思想中頹廢流派的創作，表現於文化，則是「全盤西化論」的出現。

從文學上來看，首先「揭竿」而起的，恐怕是現代詩人了。四十五年一月，由紀弦倡導的「現代派」在臺灣成立，並公佈了六大信條，其中重要的有三條，第一條開宗明義宣示「我們是有所揚棄並發揚光大地包容了自波特萊爾以降新興詩派之精神與要素的現代派之一羣」，第二條宣告：「新詩是橫的移植，而非縱的繼承」，第五條闡明要「追求詩的純粹性」，其中第二條「橫的移植」，影響此後十年詩壇甚鉅，也成爲大眾對現代詩詬病的焦點。此一時期，繼之而起的「現代主義」文學在以臺大外文系師生爲中心的提倡下，也「適時」提供了西方思想「移植」的溫床。

於是，此一階段在臺灣的中國新文學成爲歐風美雨的衝擊地，艾略特、卡夫卡、卡繆、D．H．勞倫斯，乃至於沙特，都「存在」進了當時作家自覺或不自覺的夢囈中，所謂「虛無」、「超現實」、「失落的一代」、「存在哲學」等字眼成爲作家、藝術家口中常唸的符咒，筆下愛耍的法寶。這個階段，是中國新文學在臺灣的迷失期，更是現代詩最不幸的一個淵藪！

但是，這個階段對小說的發展來說卻是個「練習曲」的階段，透過對西方文學技巧的演練，使得現代小說雖然散佈了荒謬的假思想，卻收到了健壯的眞實力。現代小說隨後卽獲得一個豐收，但不用對其錯誤與現代詩「共同負責」。所以當顏元叔高唱「臺灣小說的成績要高於現代詩」

時，身爲瞭解現代詩進程的後進，我的感覺是他未免瀟灑得太快了。

其實，在這一階段中如果沒有另一羣作家埋頭耕耘，不隨波逐流，所謂「現代小說」恐怕仍然是「沉迷不悟」的。這一批作家是在第一階段中摸索學習的省籍作家。他們以仍然樸拙的筆，以生活的鄉土爲背景，眞摯地寫下了當時的社會與現實，在當時的歐風美雨侵襲之下雖然沒有得到應有的重視，卻在未來的第三個階段中受到肯定，並提供給了此一階段蔑視它的「現代主義」作家易於襲用的內容。

第三個階段約自五十五年美援停止後至六十八年鄉土文學論戰結束這段期間。此一階段，是臺灣在政治、經濟、社會上的震撼期，五十九年的釣魚臺事件，六十年退出聯合國，六十一年中日斷交，六十二年全球經性濟危機出現，六十七年中美斷交等一連串國內外形勢的衝擊，在在都刺激了青年學生和文學工作者奮發圖強、自力圖存的覺悟，也從而促使這些新生的一代嚴肅考慮生存的空間，並針對第二階段的「現代主義」展開了一連串的反省行動，而在政治上，也隨着經濟的急遽成長更加開放。

此期間，較引起注意並發生影響的是兩次論戰。第一個論戰由現代詩的反對者關傑明於六十一年點燃戰火。這位自幼僑居海外的教授以「中國現代詩人的困境」及「中國現代詩的幻境」（均在中國時報刊登）大力指責「中國作家們以忽視他們傳統的文學來達到西方的標準……所得到的，不過是生吞活剝地將由歐美各地進口的新東西拼湊一番而已。」他的批評其實也適用於當時的現代小說。由於這兩篇文章的確指出了現代詩的積弊，立即引起詩壇熱烈的反應與辯論，首先響應並隨即投下「炸彈」的是唐文標，他以「先檢討我們自己吧」，「什麼時代什麼地方什麼人」，「詩的沒落」和「僵斃的現代詩」等四篇批評宣示「今日的新詩，已遺毒太多了，它傳染到文學的各形式，甚至將臭氣閉塞青年作家的毛孔，我們一定要戳破其僞善的面目，宣稱它的死亡。」這些針對現代詩的批評容其稍嫌以偏概全，卻給了以「橫的移植」爲宗的現代詩當頭棒喝，也促使當時的青年詩社「龍族」對中國現代詩壇的功過得失做澈底的檢討，於是由該社主編的「中國現代詩評論」一書，以「揭發現代詩的困境和危機，引導大眾進入現代詩的世界」爲副題，在六十二年投進了詩壇。此一專書的出版，今天看來，與其說是「揭發現代詩的困境」，不如視爲當時青年詩人的一大自覺，正如該書主編人高上秦所寫導言：「我們覺察到一個較大的趨勢是——讀者、作者，都共同要求現代詩的『歸屬性』。就時間而言，期待着它與傳統的適當結合；就空間言，則寄望於它和現實的眞切呼應。」「年輕的一代，已經驚悟到面對現實，接近社會與民族背景的重要。」

此一論戰長達一年之久，對現代詩的影響利多於弊，它因此扭轉現代詩「以晦澀爲宗」的路向，從此詩壇逐漸走向肯定民族與關懷社會的路上來。而這一論戰對當時的文壇何嘗不也是一帖醒藥？文學界開始了一種轉變，那就是在小說創作上，出現了以當時社會背景爲舞臺的作品，個人主義傾向太濃的、蒼白失落的西方小說仿品漸被淘汰，代之而起的是寫實的、反映此一階段社會環境、並指陳人間喜悲的、有血有淚的作品；在論評上則積極肯定具有民族色彩、並能恰當反映此一階段社會現況的佳作——在創作、批評與讀者的愛好相激相盪下，此一文學美景迅即到達了高峯。

這個高峯即是六十六年四月由「仙人掌雜誌」第二號「鄉土與現實」肇因的「鄉土文學論戰」，這個論戰一方面敲響了鄉土文學的鐘聲，一方面也使國內文壇面對了三十年最激烈的衝擊。如果把它看成是一個辯論，雖嫌「浪費」，仍屬利多於弊。以今天的眼光來看，這個結束中國新文學第三階段的大論戰，最少釐清了下列三點觀念：

一、純正的鄉土文學是讀者所樂見，並且期待其開花結果的；

二、文學必須延續傳統，反映現實的觀念已成爲所有文學工作者及文化運動者的共識；

三、把文學當工具以求達成非文學之目的者，不僅將使文學本身蒙禍，也易使社會受創。

當然，「鄉土文學論戰」如今雖已塵埃落定，但其發展演變仍非我們所能預料，要求得定論，恐怕還是有待於將來，但此一論戰的過程，確已激起了所有文學工作者對身處時空的切身體認。以此爲基點，屬於中華民族文學揚眉於世的基業才剛開始！

三

由前節所述三十年來的文學發展來看，我們不難發現：文學不是純粹的心靈創作，或者說，文學不太可能是閉門造車、不受「外在環境」所役的純粹創作。文學是時代的反映，它受到政治、經濟、社會的種種影響，並且是在各種不同的時空下「被領導」而不自知；然而由於文學家的敏銳感應與良知血性，誠摯的文學創作更能超越「被領導」的已然，向整個民族和社會宣示或指引出新的遠景。文學是文化的產物，但同時它也是文化再發展的促媒，其理由在此。

身爲一個把文學當成終身職志的青年習作者，我每每在細讀前行代嘔心瀝血之作、在翻閱三十年來熟悉而又模糊的文學史料時，發現文學工作者的悲哀與喜樂。特別是與其他青年文學工作者一樣，我生在此一大時代的特定時空中，三十年來的文學發展，就是自己在臺灣生長的環境寫照，那當中有自己的童穉無知、追求幻滅，也有對於所立足的大地的疑懼和擁抱，對於所身負的香火的排斥和膜拜。這三十年來不少年輕過的文學心靈曾在他們的時空中吐春蠶之絲，卻凋秋葉之血；不少執着過的文學心靈曾經信誓旦旦，要爲中國新文學標舉新路，到頭來卻只能嗟歎咄咄，黯然殘稿向黃昏！這種必然的文學無力感的確常令我掩卷擲筆，自恨無用，尤其當我迷上文學之際，正是在臺灣的中國新文學發展到第二階段之時，當時的社會面臨轉型，農村子弟以入城淘金爲最大願望，而文學在鄉下是被視爲「無路用」的，閱讀「閒仔書」是父母所反對的，我以一個高中生，在學校辦文社、詩社、編校刊，囫圇大吞當時甚囂塵上的現代詩與現代文學，滿嘴卡繆、沙特，出口存在、虛無，並且已經「決定獻身」給文學，那種狂熱，至今想來，猶有餘悸！而當時竟會沉迷於與我的身份及生存環境毫無干係的歐風美雨，至今想來，更覺不可思議！

但這或許就是潮流的可怕吧？它形成旋風，把一切有自覺無自覺的人全都襲捲在一個漩渦裏，爲它生爲它死，爲它「衣帶漸寬終不悔」——文化的魔力在焉。而這是悲哀的，如果此一文學潮流帶來的是無根的虛無，它將驅使多少文學青年走進墳墓？

好在，文學不可能永遠是迷障，它也有突破，也有進程。當時代形塑文學之時，文學可能一時迷失，在整個社會由於外力媚外懼外時，文學自然跟着表現庸懦無能的媚外性；然而當時代有了變化，文學常是而且必定是率先起來喚醒此一時代中的社會，這種主動性是文學的可貴，也是文學的可堪追尋，而這種引導社會追求美善的功能及其達成，則是一個文學工作者的喜樂。

而我眞正的創作歷程，則是自新文學在臺灣發展的第三階段「反省時期」開始。民國六十年我升上高二，與幾位喜歡新詩的朋友一起創辦了一個小詩刊「笛韻」，事實上由於位處閉塞的鄉下，也根本不曉得有什麼詩壇，這種創作只能謂之爲「習作」，至於閱讀的則只是鄉下小書店販賣的少數現代詩集，可以說根本談不上對詩的認識，然而可能跟我看不懂當時買來的詩集有關，在笛韻詩刊的創刊號上我們卽表明了「反對詩之故弄玄虛」；也可能跟我初中浸潤於古典詩詞有關，其後我又主張「新舊詩在某種程度上的融洽」（二號社論）、認爲「人要征服傳統，必先服從傳統」（三號社論），最後提出了「用中國人的話寫中國人的詩」（四號社論），這些不是由於對當時現代詩壇（晦澀虛無之風甚盛）眞正瞭解的論見，恐怕是「想當然耳」的狂言！但等到我北上就讀大學時，發現關傑明、唐文標兩人之見晚我一年提出之時，竟大感雀躍！——其實文學思潮的形成，非一兩人可爲功，那個時候，正是臺灣面對國際逆流，力圖自強的階段，文學，表現於其文字與思想，自然也跟着必須調整步伐，回到自主的方位來。文學思潮的形成，可能由一二人登高一呼，但必待全民皆有同感，而後始能見行，並形成主流，甚至影響於其他文化領域中的單元，一起並進。睽之於七〇年代隨鄉土文學以繼起的本土文化熱潮，如鄉土戲曲、藝術的重獲肯定、民歌的崛起等，可爲明證。

離鄉北上就讀，對初識世面的我來說，多少開闊了創作眼光與閱讀範圍，同時當時臺北文化界的「鄉土熱」正盛，從洪通到朱銘，從下鄉採訪到「報導文學」的提出，在在都顯示出了國內文化界的自覺與嘗試，在如此的環境中，我抛棄了高中階段的詩作，那些雖不晦澀而到底還是夢囈的「流行歌」習作，從六十四年開始從事嚴肅而誠懇的現代詩創作，站在試圖找尋自己眞正的「聲音」的立場上，要求不寫自己看不懂的詩，努力於傳統和現代融和的可能，最後嘗試以詩來反映時代的可能。針對第一個要求，創作詩時，我自己必定自我要求吟誦的可行性，易於吟誦的詩是少有晦澀的；針對第二個要求，我嘗試自鑄格律，並發展出「五行成段，二段成篇」的「十行體」詩作及他種格律；針對第三個要求，我開始了「方言詩」的創作。這三項自我要求對當時仍在詩壇門外的我而言，極其孤獨。由於要求可誦，每被認爲偏離「詩是詩，歌是歌」的現代詩鐵律，不是正道；由於自鑄格律，也被詆爲「逆道而行」；由於從事方言創作，又被視爲「偏狹」……然而我自認這是一項嚴肅的創作，如其成功，或可提供給詩壇一條新路；如其失敗，至少在試驗上於我無損，我仍舊寫了下來。越二年，我自費出版了詩集「銀杏的仰望」，而「鄉土文學論戰」於是時開始。

以這三十年來的文學發展，與個人的摸索歷程比對，絕非自我標榜，這只是一個在這三十年文學發展中，受其演變影響的青年文學工作者的見證。

這三十年來文學發展的趨勢，是從戰鬪的要求，而至於媚外的逃避，最後再歸於對民族與社會的認同。

四

而在這種文學趨勢下養成的青年文學工作者對前行代只有尊敬、而無輕蔑，因爲如果不是他們的摸索與失敗，中國新文學不可能向前推進，而今日的青年文學工作者勢必再多走寃枉路途。對文壇後輩而言，今天等於是踏着先進的血汗，手持民族的香火，走在社會的這塊大地上。所有青年文學工作者只有懷抱感激，拼命向前，期望能以微薄的力量，爲中國新文學拓出更寬更廣的道路。

而目前正是另一階段文學新路程的開始！而此另一階段的文學新路程，有賴於所有有良知有血性的文學工作者，在同一個共識下、不同的創作崗位上，合力走出。也許十年、二十年，也許又是另一個三十年，中國新文學史上的第一個春天，應該在所有文學工作者的細心呵護下、血汗灌溉下來臨。

此一共識，是站在促成中國新文學與民族同血脈、與社會共呼息的根基上的。

唯其文學與整個民族同一血脈，方能與在此一民族香火傳承下的所有子民，共同背負沉重的歷史、面對共同的坎坷的未來；唯其文學與整個社會共一呼息，方能與在此一社會大地上生活的子民，共同感受時代的撞擊、敲響現實的木鐸。因此——

我們需要這樣的詩人：

他的喜樂就是大眾的喜樂，他的悲哭就是大眾的悲哭，而同時他以我們眼所能見、耳所能聽、口所能誦、心所能感的文字爲我們留下悲與喜的見證，指向望與愛的明天！

我們需要這樣的小說家：

他以悲憫的心懷反映大眾的苦樂，以犀利的眼光剖析社會的病態，以眞摯的雙唇親吻民族的精神，而同時他以我們眼所欲睹、耳所欲聞、口所欲說、心所欲想的睿智爲我們留下大時代的紀錄，指引後來者更寬闊的胸襟！

我們需要這樣的論評家：

他以嚴格的尺度界量文學作品的良窳，以瞭解的態度容忍可能出現的異端，而同時他以我們眼所難睹、耳所難聞、口所難言、心所難思的遠見爲我們的文學界樹立發展的里程碑，直指文學再造的新路程！

我們更需要這樣的文學欣賞者：

他們把欣賞當成文學的再創造，嚴格而誠摯地在民族風格與社會關懷的天平上，對兩者均能兼顧的文學工作者給予最熱烈的掌聲，對有所偏廢於其一的文學工作者給予最冷酷的鞭策！

未來的中國新文學需要反身於它出自的大地，唯有文學工作者不再留連於那種個人的、自私的、蒼白的、頹廢的、虛無的、孤芳自賞的象牙塔，而以一顆健康的心去擁抱他的鄉土、關懷培植他的社會時，文學方才是值得社會全體加以珍惜的瑰寶。

未來的中國新文學同時也需要呵護它所傳承的香火，唯有文學工作者不再浪蕩於那種媚外的、偷懶的、不負責的、剽竊的、自喪尊嚴的過客生涯，而以一顆誠肅的心去刷新他的傳統，擁抱養育他的民族時，文學方才是值得高掛民族殿堂中閃亮的桂冠。

中國的文學要大地，也要香火！

——壬戌春分已曙・臺北

——七十一年三月廿九日臺灣日報副刊

塵土與雲月

——現代詩運三十年概述

從民國四十二年二月一日紀弦主編的「現代詩」在臺北出版（四十年自立晚報副刊「新詩週刊」，因屬報紙副刊，應另文探討），至今已整整三十年。三十年來中國現代詩的發展主要是以詩刊的興替爲其脈絡，詩刊蓬勃出現時，現代詩運也隨之生氣盎然；詩刊凋零萎縮時，現代詩運也隨之沒落不振。

然而，由於伴隨着詩刊之出版者，往往卽是支持該一詩刊的詩人的羣體——或爲「詩社」，或只是羣體，此處通稱詩社——詩刊雖有盛衰，詩社仍舊屹立不移，所以三十年來，現代詩運雖因詩刊的仆倒或崛起而有狂瀾游絲之分，現代詩壇卻因詩社（特別是主要詩社）的凝聚、堅持而未曾稍有歇息。

詩刊與詩社的興起、淪沒、繼起、出發，十足展示了中國現代詩三十年來在臺灣的發展軌跡，而我們若將它看成是詩的「社會化活動」，也不難從中瞭解：中國現代詩三十年來如何在美學的追求與社會的反饋中拉鋸；如何在詩的質與讀者的量兩者中求取平衡。三十年來各大小詩刊與詩社之出現，多少顯現了我們的詩人除了專志於詩的美學追求外，也企圖藉着刊物與羣體來達成詩的社會化，並期望獲得回饋，造成影響。

詩人的結社與出刊，如其能滙聚智慧，形成力量，往往也能掀起「運動」，鼓動風潮，造成一股主流，扭轉現代詩的發展。以詩刊與詩社爲原動力的運動，在現代詩三十年發展史上有其正負面的價值：一方面它促使現代詩的新陳代謝，活水不斷——從提倡到反對而反省的循環，正是現代詩成長的必要條件；一方面由於時間的逐漸拉長、詩之意見的逐漸僵固，卻也造成了倡導不同詩的運動之詩刊詩社之間的壁壘分明，迭生摩擦、不易和諧。

事實上，猶如詩以富有張力爲佳，而以蘊寓和諧爲上，中國現代詩三十年來的發展狀況截至目前仍舊止於「張力階段」。我們不妨回顧三十年來幾個較明顯的詩運動、以及其間詩刊詩社的存亡，或許可藉供第二個三十年——走向和諧、趨於成熟——的參考。

以下謹依三十年來現代詩發展過程中，幾個較具代表性的詩刊詩社做報告：

一、**現代派的成立**／現代詩刊自四十二年二月創刊以後，初期均由紀弦獨力支持，直到四十五年二月現代詩刊十三期出版，並宣告成立「現代派」之後，現代詩的運動方才開始。在現代派六大信條中，強調的重點計有：「包容了自波特萊爾以降一切新興詩派之精神與要素」的現代主義、「新詩乃是橫的移植，而非縱的繼承」、知性以及「詩的純粹性」。以三十年後的今天來看：波特萊爾以降一切新興詩派之精神與要素事實上是無法包容的，縱的繼承之否定在詩的大眾化之呼聲中逐漸被沖淡……雖然如此，以紀弦爲首的現代派畢竟仍強而有力地樹立了中國現代詩運動的第一道里程碑，並且影響了其後現代詩壇的創作方向，直到初期加盟的一百零二名詩人物散星移、五十一年春紀弦宣佈解散現代派爲止！

二、藍星的創立／四十三年三月春，以覃子豪、鍾鼎文、余光中、夏青、鄧禹平等人爲主的藍星詩社在臺北成立。藍星的出現，可說是針對紀弦的一個反動，由他們一開始就不講組織，不宣揚主義可見端倪。四十六年八月「藍星詩選獅子星座號」登載覃子豪「新詩向何處去？」掀起與現代派的一場論戰，直到四十七年才告結束。藍星初期只出版詩叢，後來才由覃子豪於當時的公論報創辦「藍星週刊」，其後有「藍星詩頁」、「藍星詩刊」的出現。藍星詩社既是同仁的自由組合，自然拙於運動，三十年來的藍星除了針對現代派的信條提出原則，以及對五〇年代文壇的誤解提出聲辯以外，可以說幾乎未曾以詩社的名義搞過運動，而其影響力亦就限於早期對現代派的牽制及後期詩社內傑出詩人的個人號召了。但從另一個角度來看，如此的自由組合未嘗不是一大優點，它表率了做爲詩社難得的放任精神與和諧象徵，詩社力量的式微使藍星的運動力大減，卻也使詩人的活躍空間大增。

三、創世紀的出現／四十三年十月，洛夫與張默創刊「創世紀」於左營（瘂弦於次期加入），表明宗旨「確立新詩的民族路線／建立鋼鐵般的新詩陣營／提攜青年詩人」；四十五年二月（現代派正式成立）時，創世紀發表社論，主張建立「新民族詩型」，認爲「形象第一，意境至上」，主張「中國風的東方味的」；到了四十八年四月創世紀出版第十一期擴大號，方始與現代詩、藍星鼎足而三，也從這一期開始，『該刊不再提倡「新民族詩型」，而強調詩的「世界性」、「超現實性」、「獨創性」和「純粹性」』（據張默「中國現代詩壇卅年大事記」），並成爲當時西化潮流中的前衞刊物之一。五十八年一月創世紀出版九期後休刊，至六十一年九月復刊卅期迄今。其間該刊卅七期（六十三年七月）曾針對「龍族評論專號」（六十二年七月）出版後的廻響，提出「請爲中國詩壇保留一份純淨」的主張，卽「反對粗鄙墮落的通俗化／反對離開美學基礎的社會化／反對沒有民族背景的西化／反對三十年代的政治化」，並於該刊五十九期重伸「繼續堅持與實踐」。從如此一段詩刊歷程來看，做爲詩社的創世紀是有其階段性主張的（雖然難免矛盾）。相對於藍星的近乎「無爲而治」，創世紀二十八年來保持着一定的衝刺力量，這種衝刺力使該社歷久長青，在中國現代詩發展上有其不可抹煞的地位，卻也難免使該刊蒙受來自各方面的批評。而創世紀在編輯詩選與拔擢青年詩人上所花費的心血，則已爲詩壇所承認。

在五十年代出現的詩刊或詩社，尙有羊令野與葉泥主編的「南北笛」（四五年四月創刊）、左曙萍與上官予主辦的「今日新詩」（四六年元月創刊）等。

四、葡萄園的走出／五十一年七月，由古丁、陳敏華等組成的「葡萄園」創刊，倡議現代詩的「明朗化」與「普及化」，至七十一年七月該社推出「葡萄園詩選」，主張現代詩走「明朗、健康、中國」的道路。可說二十年如一日，平平實實，盡到了一個園丁的本份。雖然由於銳氣稍嫌不足，該刊的詩壇地位常被有意無意忽視，但不可否認的，它卻是一份較易引進詩讀者的刊物。

五、笠的面對／民國五十三年六月，主要由臺籍詩人林亨泰、桓夫、白萩、趙天儀等十二人創辦的「笠」詩刊創刊。笠的出現在當時詩壇晦澀虛無的氛圍下，無疑是一道清新的活水。他們繼承了日據時代臺灣新詩人的遺產，以本土文學的耕耘者自許，嘗試尋求異於其他詩社的語言及表現方法，並以強烈的關注批判現實——雖然由於生活語言的強調，難免被批評爲詩的質素較弱，但就該社的勇於面對現實來看，無寧宣告了詩人面對生活時無可避免的基本精神。

與葡萄園、笠同在六十年代出現的，尚有五十七年七月創刊，至今仍持續出版的「詩隊伍」(羊令野)。不幸夭折的詩刊詩社則有「野火」(綠蒂)、「海鷗」(陳錦標)、「新象」(古貝)、「星座」(林綠等)、「現代詩頁」(朱沈冬)、「詩展望」(桓夫)、「中國新詩」(綠蒂)、「桂冠」(劉建化)等。

六、龍族、主流、大地、草根的崛起／六十年元旦，「龍族」詩社在臺北成立，在此之前一年，由早期現代詩、創世紀、南北笛爲骨幹的「詩宗社」創立於臺北；在這之後數年間，則有「水星」(張默、管管)、「主流」(黃進蓮、羊子喬等)、「暴風雨」(沙穗等)、「大地」(陳慧樺等)、「山水」(朱沈冬等)、「後浪」(蘇紹連等)、「秋水」(古丁、涂靜怡)、「森林」(伊洛等／創刊詩刊「也許」)、「詩人」(後浪主編)、「草根」(羅青等)、「消息」

（季野等）、「天狼星」（溫瑞安等）、「大海洋」（朱學恕等）、「綠地」（傅文正等）、「詩脈」（岩上等）、「洛神」、「掌門」（鍾順文等）、「風燈」（楊子澗等）、「風荷」（王廷俊等），一直到六十八年十二月「陽光小集」的出現爲止，整個七十年代幾乎可說是青年詩刋及其理想提出的階段，而其中尤以龍族、主流、大地及其後的草根爲其主導。

龍族、大地、主流及草根的崛起，主要的意義在於：它「顯現了年輕一代的詩論者、詩作者，對於起步階段的中國現代詩，意圖作一重新估價與認眞檢討的試探。」（高上秦／寫在「龍族評論專號」前面），以來自學院詩社、深受現代派以降前行詩人薰陶的青年詩人爲代表的各種詩刋詩社，從七十年代初期開始發出了他們「返歸傳統、關切現實、重視本土」的聲音，適切地表白了「對過去，我們尊敬而不迷戀；對未來，我們謹愼而有信心。我們擁抱傳統，但不排斥西方。……我們願意把這份精神獻給我們現在所能擁有的土地：臺灣。……我們以誠爲主，以愛心來歌詠，關心批判擁抱這個我們親身經歷的生存環境。」（草根宣言）

如此一個「青年文化」運動的開始，雖然給當時的詩壇帶來了一些騷動與困惑，卻也同時將現代詩的方向做了一次很大的調整，而龍族、主流、大地、草根等青年詩刋雖然其後均因各種因素相繼停刋，但已促成了詩壇的革新。

七、陽光小集的出發／六十八年十二月，由前一階段養成的青年詩人向陽、張雪映、林野、李昌憲等在高雄推出「陽光小集」創刋號，一至四期以同仁詩集面貌出現，至七十年三月陽光小集改版爲「詩雜誌」型態後，即延續七十年代青年詩人羣之理想，以更活潑、更開放的雜誌型態在詩壇上激起了不少漣漪。該刊滙集來自七十年代各詩社的青年詩人，以雜誌而非同仁刊物的方式，提倡詩與民歌、繪畫的結合，「寧可踏實地站在臺灣這塊土地上，與人羣共呼吸、共苦樂；寧可磊落地站在詩的開放的陽光下，種植各種花草，欣賞各種風景——我們不強調信條、主義，不立門派，不結詩社，不主張某種來自某時或某空的繼承或移植！」（七十一年十一月第十期社論），如此的出發，使陽光小集在改版五期內獲得了讀者的支持，也初步達成了詩的普及及其影響，然而改版爲雜誌型態並採取「詩與民歌」活動等配合方式後，該刊詩創作部份雖仍質量並重，到底「偏紫奪朱」，反而常被評爲「有待加強」了。

在八十年代初期出現的詩刊共有「腳印」、「掌握」、「涓流」、「漢廣」、「詩人坊」等，均是未來不可忽視的新銳詩刊。另兒童詩刊「布穀鳥」對現代詩之紮根有不可忽視的地位，唯應另文討論，此處不贅。

由以上詩刊詩社的概括了解，我們不難看出：做爲詩的社會化運動的利器之一，詩刊與詩社對於中國現代詩卅年來的發展具有舉足輕重的地位，而其影響之有無、大小，則完全視該一詩刊、詩社之具有理想及敢於面對大衆而定。然而如從現代詩的演變來看，則三十年來所有曾爲現代詩奉獻過心力的詩社詩刊，事實上也都扮演了重要的「礎石」功能，沒有前一階段的默默耕耘與犧牲，必無後一階段的出發與收成。「三十功名塵與土／八千里路雲和月」，現代詩三十年來的所有紛爭與誤解不過塵土一把，沒有那個詩刊詩社特別具有功勞，也沒有那個詩刊詩社特別沒有價值，在現代詩走向成熟、和諧的遙遠而寬廣的路途上，雖有烏雲，難遮明月，我們願期待中國現代詩美好遠景的早日到來！

——本文為在中國時報「詩歌座談會」（七一、十一、二十）講稿

——七十二年一月十九日中國時報「人間」副刊

期春華於秋實

——小論七十年代詩人的整體風貌

一

對於四十年代以後出生，而在七十年代長成並開始其創作生命的新世代作家而言，文學之路仍然漫長、迢遠，創作旅程也充滿着不斷的挑戰，面臨着多重的抉擇。

不同於四十年代作家在戰後的廢墟中茫然找尋新路，不同於五十年代作家在國仇家恨裏刻意戰鬪，也不同於六十年代作家在西潮沖盪下迷惑於放逐——生於戰後、歷經三個年代之變遷的七十年代作家，沒有戰亂的經驗與夢魘，沒有鄉愁的逗引與迷惘，也沒有西潮的膜拜與追逐。經由頻仍的論辯，他們從前行代作家的覆轍中警惕了文學行路；經由完整的教育，他們從課堂與書本的授業下增強了創作自信；也在三十多年來臺灣安定的環境裏，他們跨大了步子，急於採摘早熟的花果。

但是，他們面對的是客觀環境更大的挑戰。政治上，臺灣從早期的一元化到如今的趨向多元化，各種禁忌逐漸解除，參與的需求則不斷增強；經濟上，臺灣從農業社會過渡到工業社會，經濟結構大幅轉變，獲得了高度開發的成果，卻也產生了農村凋零、勞資衝突、與跨國企業所帶來的種種問題；社會上，經濟的急速轉型，改變了原有的價值觀念，生活愈趨浮華、而品質未見提高，血腥暴力層出不窮、而社會福利未臻健全……文化上，全盤西化的迷夢業已幻滅、肯定本土的自尊仍待建立，尋求文化自我的呼聲雖高，舖設思想草原的努力才正開始。

這些挑戰，使七十年代作家較之四五六十年代的作家更是舉步維艱。他們雖熟悉或目睹了三十年來臺灣政、經、社會、文化的轉變，並亟思有所回應，加以針砭，畢竟仍嫌稚拙，力有未逮。但是，秉於熱血和摯誠，無論如何，是他們在七十年代以富有朝氣的聲音，喊醒了迷幻中的現代文學，並以大量作品做為支持，扭轉了六十年代臺灣文壇的虛無之風，展示出臺灣七十年代文學「擁抱土地，關懷現實」的勁健之姿。

二

特別是在三十多年來一向引領風騷的現代詩壇。

一九五六年，以紀弦為首的現代派宣告成立，並發表了影響臺灣現代詩壇幾達二十年的「現代派信條」，以「我們是有所揚棄並發揚光大了自波特萊爾以降一切新興詩派之精神與要素的現代派之一羣」爲其形象，進而認爲「新詩乃是橫的移植，而非縱的繼承」，乃至「追求詩的純粹性」，以全力與歐美詩人志同道合爲榮，一時蔚爲風潮。

相對的，覃子豪及其藍星詩社的同仁則認爲「中國新詩應該不是西洋詩的尾巴，更不是西洋詩的空洞的渺茫的回聲，而是中國新時代的聲音，眞實的聲音。」（一九五七年藍星詩選獅子星座號，覃子豪「新詩向何處去」）並以他們的作品抗頡現代主義熱潮；而正在南部尋求發展的創世紀詩社，也已在第五期（一九五六年）社論上主張建立「新民族詩型」，以追求「中國風的東方味的」理想。然而在當時的潮流下，藍星的努力與創世紀的主張並未能力挽狂瀾。

一九五九年，創世紀基於「對中國現代詩抱有更大的野心」，繼踵現代派，「不再提倡『新民族詩型』，而強調詩的『世界性』、『超現實性』、『獨創性』和『純粹性』」（據張默「中國現代詩壇三十年大事記」），從此以後逐步取代了現代派的地位，而在六十年代的臺灣詩壇扮演了主導的角色。

此一階段中，相對於現代派的藍星詩社（一九五四年成立）以及相對於創世紀的葡萄園詩社（一九六二年成立）笠詩社（一九六四年成立），在五六十年代的聲音比較起來是微弱的。藍星以其不講組織、不宣揚主義的組合所展示的抒情風，葡萄園以其平實詩作所舖陳的明朗化，以及笠以其關切現實所表達的本土意識，在當時整個臺灣政、經、社會、文化均強烈依賴美國的環境下，畢竟無力抵擋西化的狂流，僅能以斷續或持續的發刊來維持其生存。

然而在集團運動上雖然居於支流，這三大詩社的存在與堅持畢竟功不唐捐。隨着七十年代的來臨，以及臺灣政經結構的大轉變，新起的一代，吸收並綜合了這三大詩社的詩風及主張，強烈地向以六十年代的創世紀爲主流的詩壇，表達了「對於起步階段的中國現代詩，意圖作一重新估價與認眞檢討的試探」（高上秦「寫在龍族評論專號前面」）。

正是，一九七一年成立，越二年推出「龍族評論專號」的龍族詩社，融合了前此一二十年間藍星的民族抒情風格、葡萄園的明朗素樸語言、以及笠的本土現實關懷，「覺察到一個較大的趨勢是——讀者、作者，都共同要求現代詩的『歸屬性』。就時間而言，期待着它與傳統的適當結合；就空間言，則寄望於它和現實的眞切呼應。」他們正視到「一個羣性與個性調適的、思想與語文澄澈的、理解傳統、正視現實、不學樣、不矯情的創造態度。」（高上秦，引如前）以如此的態度與認知做爲背景，戰後出生的七十年代詩人乃就跨出了他們異於前行代的步子，採取了「返歸傳統、回饋本土、關切現實」的多元風格，勁健地喚醒了當時已因頹廢虛無而日趨式微的現代詩壇。

從一九七一年龍族的出現，到一九八一年陽光小集改版爲詩雜誌，整整十年間，以七十年代詩人爲主體的詩社詩刋層出不窮、前仆後繼，舉其要者計有龍族、主流、暴風雨、拜燈、大地、後浪、風燈、也許、詩人、草根、消息、天狼星、大海洋、綠地、小草、長廊、詩脈、八掌溪、掌門、陽光等，他們大半受過較完整的學院教育，並曾或多或少、或深或淺地受過現代派以降的前行詩人的薰陶及影響，然而在衡量自己所站立的土地，所處身的現實，在翻閱現代詩發展史上的論辯紛爭後，他們最後選擇五六十年代居於劣勢辯方的藍星、葡萄園及笠的風格、主張，加以綜合歸納，而形成一股勁健的詩風，影響了七十年代的詩壇。

在整個七十年代的十年間，這些新世代詩人更不斷透過詩刊的改革、詩社的運動、詩選的編輯以至詩的詮釋、解析，實踐他們與前行代詩人不同的理想，他們甚至也透過詩與畫、詩與歌、詩與其他藝術創作結合的努力，多元而又集中地促成詩的社會化。這種風潮提醒了前行代正視現實、調整詩路，影響所及，各報副刊亦自一九七五年起接受詩作，六十年代末期現代詩運的渾噩自此才算一掃而光。

三

考察七十年代詩人的創作態度及其整體走向是必要的卻也是不易的。一方面七十年代的詩人辦詩刊或組詩社，通常出於詩友感情者多，基於詩觀理想相同者少；另一方面，經濟結構的轉變帶來價值觀念的分歧，政治形態的衍變也使年輕一代的思想趨於多元，新世代詩人或隱或顯均已不再迷信主義、崇拜權威，同時多半能尊重其他詩人的詩路，肯定其他詩人與己殊差甚大的成就——比起五六十年代詩人、詩刊、詩社間的頻仍論辯，各種不同主義、詩想的相互攻伐，乃至於詩壇與文壇之間時或有之的齟齬，七十年代的詩人是溫和多了——這種創作思想上的自由風尙，使得七十年代詩人之間十多年來不再像過去那般劍拔弩張、時起衝突，卻也因此而被部份前行代詩人視爲沒有詩觀、沒有立場。

或許，由於見諸文字的論述、宣言、批駁、辯白，已不如前行代在五六十年代的盛況，七十年代詩人的面貌看似模糊（有人卽據以評述新世代詩人的風格雷同），但是仔細品讀這些來自戰後世代的詩作，只要不是有意漠視，仍然不能不承認，七十年代的詩人彼此之間仍有其或鉅或細的不同風貌。

然則，相互論辯的降於最低，也不能卽視之爲七十年代詩人欠缺詩的觀點或立場。我們不妨攤開十年來三個前、中、後期詩刊詩社的主要宣言或聲明，藉以觀察七十年代詩人的創作態度及其對現代詩路向所抱持的一貫觀點。

首先，我們看看七十年代初期掀起詩壇震撼，並首開改革風氣的龍族詩社，他們做爲新世代詩人的精神何在？理想何在？又採取何種改革方式來達成理想？——

龍族精神，也就是開放的精神，兼容並蓄的精神。然而，龍族詩刊旣沒有一定的風格，又不提倡當代的各種主義流派，那麼，它所追求的方向是什麼呢？它的理想又是什麼呢？……第一、龍族同仁能够肯定地把握住此時此地的中國風格，第二、誠誠懇懇地運用中國文字表達自己的思想，第三、詩固然要批判這個社會，但是，也要敞開胸懷讓這個社會來批判我們的詩。從上面的三點觀察，不難瞭解，龍族的理想是『世俗化』，質言之，便是入世的精神。……如何表現出這種精神呢？從語言的運用來看，就是走樸素的路線。從題材的選擇來看，就是走多樣性的路線。（「龍族詩選」序，陳芳明，一九七三）

創刊於一九七五年的草根詩刊則更進一步提出他們的宣言，以極其理性的態度，條陳他們對於發展中的新世代詩潮的肯定，並且更深入、更週延地宣佈了他們異於前行代的態度及他們未來的走向——

一、處在這樣一個國家分裂的時代，我們對民族的前途不能不表示關注且深切眞實的反映。二、詩是多方面的，人生也是。我們不認爲詩非批評人生不可，但是認定詩必須眞切地反映民生，進而眞切地反映民族。三、我們體察到詩之大眾化與專業化是一而二，二而一的。……四、對過去，我們尊敬而不迷戀，對未來，我們謹愼而有信心。我們擁抱傳統，但不排斥西方。……我們願意把這份精神獻給我們現在所擁有的土地：臺灣。……我們以誠爲主，以愛心來歌詠、批判這個我們親身經歷的生存環境，我們向過去發掘，爲將來設計。（草根宣言，草根社，一九七五）

創刊於一九七九年的陽光小集詩雜誌，則在該刊第十期的社論中，針對前行代的批評，正面地就新世代詩人和而不同的創作態度提出說明——

我們寧可踏實地站在臺灣這塊土地上，與人羣共呼吸、共苦樂；寧可磊落地站在詩的開放的陽光下，種植各種花草、欣賞各種風景——我們不強調信條、主義，不立門派，不結詩社，不主張某種來自某時或某空的『繼承』或『移植』！……在臺灣現代詩壇卅年來擾攘不停的環境中，在社會已趨向多元化的時代裏，我們不求『純粹』辦一份專門爲詩人辦的詩刊，但願…爲關心詩的大眾提供一份精神口糧。以詩爲中心，嘗試各種藝術媒體與詩結合的可能。（在陽光下挺進，陽光小集，一九八二）

由前引三個七十年代前中後期詩社詩刊的重要態度及走向，並衡諸七十年代出現的青年詩刊所展現的風格，大約可以歸納出以下五項特色——

一、多元思想的並存：新世代詩人的精神是開放的，兼容並蓄的，他們不提倡各種主義流派，也不主張各種繼承或移植。在這種自由風尚下，十年來成立的詩社詩刊及其成員組合，均幾乎已不再熱衷於主義信條的倡導，也未嘗出現過因詩觀不同而至分裂之事，而每一詩刊也都有容乃大，各種詩風均能雜然並存……。

二、民族詩風的重建：追求民族風格、擁抱傳統的呼聲自七十年代初期喊出以後，幾乎已爲年輕詩刊詩社的共同目標，特別是語言趨於素樸、意象準確明晰，內容上更多半採用傳統與現代的民族題材，揚棄了早期濫用西洋典故的玄虛。加上詩評解析不斷注入了中國古典文學的評注方式，也使民族詩風得以發揚。

三、社會現實的關懷：新世代詩人幾乎都是在臺灣成長受教育，他們未嘗一刻與社會脫節，他們和臺灣的人羣共呼吸、同苦樂，也大半具有強烈的正義感來批判社會的不義，流露於詩作之中，乃就更能眞切地反映現實人生、並獲得讀者的共鳴。不只用詩作，七十年代的部份詩人，更把自己投入於原野調查、生態保育等公益活動中，或者就以身爲勞工、警察、農民、礦工、清道夫……的角色，不斷抒寫發掘，除了關懷社會，也爲現代詩開拓了更寬廣、更樸直的格局。

四、本土生活的正視：不少新世代詩人均來自本鄉本土，卽使籍貫不在臺灣，也幾乎都是在此地長大、生活，誠如「草根宣言」所說，他們都「願意把這份精神獻給他們現在所能擁有的土地：臺灣」，在沒有省籍異同之下，透過詩作，新世代詩人爲臺灣而歌詠、而批判，他們均毫不困難地認同了臺灣這塊土地及與他們一起生活的同胞。

五、大衆世俗的尊重：由於社會分工日趨精細，新世代詩人均瞭解自己只是大衆之中的一份子，而不再視詩人爲貴族，他們敢於承認自己有所不足，開始走入人羣，更願誠懇地反應大衆的心聲，他們也嘗試詩與其他藝術的整合，並透過詩歌演唱、詩畫上街來推動現代詩的社會化以及世俗化。他們尊重大衆世俗，相對也獲得了大衆世俗的回應。

這五大特色的把握，使七十年代詩人一如蔚盛的春華，開遍了七十年代的現代詩壇。他們的出現以及異議，雖然曾給詩壇帶來不少騷動與震撼，卻也同時調整了臺灣現代詩壇的大方向，並使現代詩重獲廣大讀者的歡迎與喜愛，現代詩至此方才展現了一線曙光，並進而朝向八十年代更開放、更寫實、更健朗的路上走去！

四

期春華於秋實，在八十年代的今天，回過頭來檢視七十年代詩人羣的春華之顏，卻也難免令人感慨。七十年代出現的詩人，的確曾經以作品從各種不同的層面及方向出發，而共同呈現出他們趨向多元、反身民族、關注社會、正視本土、尊重大眾的整體風貌；然而晉入八十年代後，他們之中除了少數詩人仍勤於創作外，或已停筆輟寫、或正在思考路向，或轉移興趣於其它人文研究與活動……他們曾經改造了七十年代詩壇，如今卻在現代詩曙光初現之際，不再具有當年的銳氣！

但是，猶如春華在盛夏顯不出它的嬌媚、燦爛，七十年代詩人在八十年代初期的消沉應被視爲短暫的停歇——他們將在沉潛過後、反省過後、調適過後，褪盡燦爛，長成爲秋天的果實。

隨着八十年代初期「政治詩」、「歌謠詩」的出現，也不妨視之爲七十年代詩人在消沉期間的一種力求突破的嘗試，其發展目前正方興未艾中，仍難以論斷，也許那將是現代詩三十多年來一的大轉變，也許那將是現代詩三十多年來不斷出現的眾多誤導之一——無論如何，思考中的七十年代詩人勢必要以他們曾經展示出來的整體風貌做爲草原，更冷靜地珍惜他們已開出的花蕊，讓現代詩在將來的年代中，不是逐水流盪的落英，而是綻放在人類心中甘甜而成熟的果實。

——七十三年一月二十三日～二十四日臺灣日報副刊
——本文為作者所編「七十年代作家創作選、詩卷」（七十三年一月・文化大學出版）序

康莊有待

——七十年代現代詩風潮試論

一

一九五六年二月一日，由紀弦一人身兼發行人、社長、編輯人、經理所獨力出刊的「現代詩」，在創刊後的第三年推出第十三期，朱紅色封面，只有三十四頁單薄篇幅，卻負載了中國新詩發展上重大而深遠的意義與影響❶。

從這一期開始，「現代詩」封面上加註了「現代派詩人羣共同雜誌」的字樣，封面裏刊登著「現代派消息公報第一號」，第一頁列出八十三位現代派加盟者名單，第二頁刊有紀弦親撰的「現代派信條釋義」，另有社論「戰鬥的第四年，新詩的再革命」，補充信條，再一次強調現代詩

❶ 引自楊牧「關於紀弦的現代詩社與現代派」，張漢良／蕭蕭編「現代詩導讀」（理論史料篇），臺北故鄉出版社，民國六八年十一月，頁三七三——三八四。

是來自歐美的「移植之花」❷。

對於紀弦及其現代派加盟者來說，「現代派」的成立，不僅如其「信條」所言，聚集了「有所揚棄並發揚光大地包容了自波特萊爾以降一切新興詩派之精神與要素的現代派之一羣」，在「橫的移植，而非縱的繼承」的基本出發點上去做「知性的強調」，並「追求詩的純粹性」；同時更如其社論標示，具有宣佈中國新詩發展中「新的誕生，舊的死亡」❸的意義。而在其後的發展中，事實也的確如此：紀弦，成為「中國現代詩史上第一個響亮的名字」❹，而他所定名的「現代詩」則成為「在臺灣發展的中國新詩」的同義詞❺。

---

❷ 同注❶，頁三八四——三九一。

❸ 同注❶，頁三八六——三九二。「現代派信條」不贅。

❹ 參見「紀弦與現代詩運動」，蕭蕭「燈下燈」，臺北東大圖書公司，民國六九年四月，頁六五。

❺ 關於「現代詩」之正名，葉珊認為自從紀弦主編「現代詩」、成立「現代派」後，「現代詩」已被「確定為新詩的通稱」（葉珊「寫在『回顧』專號的前面」，「現代文學」，期四十六〈詩專號〉，民國六一年三月，臺北，頁五）。羅青則認為，用「白話詩」來區別新詩與古典詩的不同，「在本質上，是恰當的」（參見「從徐志摩到余光中」，臺北爾雅出版社，民國六七年十二月，頁二——一三，「論白話詩」）。唯就中國新詩的發展，自一九四九年後已明顯分成中國大陸與臺灣兩支觀之，所謂「現代詩」實質上應係「在臺灣發展的中國新詩」的同義詞，故本文所論，凡就整個中國新詩之立場出發者，均稱「新詩」，如單指一九四九年後的臺灣，則或用「現代詩」，或用「在臺灣發展的中國新詩」，以別於一九四九年之前臺灣已有之新詩及一九四九年之後在大陸發展的新詩。

其實，早在「現代派」成立之前二年的一九五四年，在北部，與紀弦同爲自立晚報副刊「新詩週刊」❻編輯人的覃子豪、鍾鼎文因有感於「紀弦初組現代詩社，口號很響，從者甚眾，幾乎三分詩壇有其二」，乃與余光中、夏菁、鄧禹平等當時年在三十左右的青年詩人合組「藍星詩社」❼；在南部，當時年在廿五歲左右的海軍詩人張默、洛夫、瘂弦也已開始出發，創辦了「創世紀」詩社❽。這兩個詩社與現代詩社初始的詩觀、風格並無殊異，它們均是藉著詩刊來延續中國新詩的命脈，早期詩壇重要詩人的作品也在三社刊物上相互往來，直到「現代派」以「昭告天下」的方式向當時的文壇提出六大信條後，方才開始有了各分壁壘的現象。

現代派的成立及其「新詩再革命」的宣示，就整個中國新詩發展來看，其歷史定位，與胡適留美時的「詩國革命自何始，要須作詩如作文」的見解相似，殆毋庸議；而當年胡適及其摯友梅

---

❻ 據張默「從『新詩週刊』到『春秋小集』」述：新詩週刊／民國四十年十一月五日創刊，借自立晚報副刊版面，於每週一出刊。由葛賢寧、李莎、覃子豪、紀弦、鍾鼎文等主編。出刊至九十四期，亦即四十二年九月十四日正式停刊。（「創世紀」，期六二，一九八三年十月，頁一三一）。

❼ 引自余光中「第十七個誕辰」，注❶引書，頁三九四——三九五。原刊「現代文學」期四六，民國六十一年三月，臺北。

❽ 創世紀，一九五四年十月在高雄左營，由張默、洛夫、瘂弦共同創辦出刊（據注❻引文，頁一三一）。

光迪在美國的一段論辯❾，同樣也發生在紀弦與其摯友覃子豪的身上。

「現代派信條」發表後越一年，覃子豪在其主編的「藍星詩選獅子星座號」上親撰「新詩向何處去？」❿長文，提出了他對「有人提倡現代主義運動」的看法，指出「中國新詩應該不是西洋詩的尾巴，更不是西洋詩的空洞的渺茫的回聲，而是中國新時代的聲音，眞實的聲音」，並質疑「若全部爲橫的移植，自己將植根於何處？」同時覃子豪也針對「目前新詩的方向」提出六個「正確的原則」⓫，掀起了現代詩壇的第一次大論戰。

針對覃子豪的六原則，紀弦立卽於同年發表兩篇長文批駁覃的論點，藍星方面，黃用、羅門及余光中也都分別發表文論反擊，這個論戰延續到一九五八年年底⓬。

藍星的反擊，一時之間畢竟無法抵擋現代主義的風潮及影響。越一年後，在南部的創世紀詩社放棄了他們原來與藍星遙相呼應的「新民族詩型」、追求「中國風的東方味的」理想

---

❾ 引自胡適「逼上梁山」，收入「四十自述」，臺北遠東圖書公司，頁一〇七。又收入「中國新文學大系第一集建設理論集」。關於胡適在美國蘊釀新詩革命之經過，可參閱侯健「從文學革命到革命文學」，臺北中外文學月刊社，民國六三年十二月，頁一三——五六「文學革命的經過」。

❿ 引自覃子豪「新詩向何處去」，注❶引書，頁一——一三。原刊「藍星詩選」（獅子星座號），民國四十六年，臺北。又收「覃子豪全集Ⅱ」，民國五十七年，臺北。

⓫ 同注❿。

⓬ 參閱注❹引書，頁七五——七七。

⑬，繼踵現代派，轉而「強調詩的『世界性』、『超現實性』、『獨創性』和『純粹性』」⑭，從此取代了現代派的位置⑮，在六十年代的臺灣詩壇扮演了主導的角色。

然而，卽使對現代詩的播種者及推動者紀弦來說，進入六十年代的詩壇，卻頗爲反諷地形成了「不是我所能容忍所能承認的」風潮，「諸如玩世不恭的態度，虛無主義的傾向，縱慾，誨

---

⑬ 創世紀成立時，原以「確立新詩的民族路線」爲宗旨（「創世紀的路向——代發刊詞」，「創世紀」創刊號，民國四十三年十月，收「中外文學」＜現代詩三十年回顧專號＞卷十期十二，臺北，民國七一年五月，頁一八七），一九五六年二月出刊「創世紀」第五期進而提倡「新民族詩型」，指出其基本要素二：一、藝術的——非純理性的闡發亦非純情緒的直陳，而是意象之表現，主張形象第一，意境至上。二、中國風的東方味的——運用中國文字之特異性，以表現東方民族生活之特有情趣。（引同注❶書，頁四一八，張默「創世紀的發展路線及其檢討」）與同月「現代派」成立信條四「知性之強調」、二「非縱的繼承」實爲對立。

⑭ 一九五九年四月，「創世紀」鑒於「現代詩」的狂飆時代已過，「藍星」也停留在薄薄的「活頁」階段，於是決定擴版，推出第十一期，作「適度的調整」，不再提倡「新民族詩型」，「抖落早期那種過於偏狹的本鄉本土主義」，在「對中國現代詩抱有更大的野心」下，轉而提倡詩的「世界性、超現實性、獨創性及純粹性」（參閱同注❶，頁四一八——四二六，張默前引文）。

⑮ 洛夫認爲「不論精神上或實際創作上，眞正繼『現代派』以推廣中國現代詩運動的是『創世紀』詩社」（中國現代文學大系・詩，臺北巨人出版社，民國六一年一月，頁六，洛夫「序」，後易題「中國現代詩的成長」，收入「洛夫詩論選集」，臺北開源出版社，民國六六年一月）。

淫，乃至形式主義，文字遊戲等種種偏差，皆非我當日首倡新現代主義之初衷。」⑯甚至於要宣佈取銷造成詩壇風潮重大偏差的「現代詩」名稱⑰，從此現代派成爲歷史名詞。

創世紀的崛起有其客觀條件及主觀需求，除了創世紀本身「飛躍的因素」外⑱，更重要的因素，應是來自於當時外緣的社會環境所致。

一方面，六十年代的臺灣，在經過自一九五三年開始的美援物資支持後，經濟已快速成長到一個幅度，工商發達，隨之以繼來的是文化上、生活上的西化風潮；另一方面，由於文學傳統在

---

⑯ 引自紀弦「從自由詩的現代化到現代詩的古典化」，同注❶引書，頁二三一—二九。原刊「現代詩」期五三，民國五十年，臺北。按，紀弦所指稱之「虛無主義的傾向」，在該文發表同年，余光中也因發表長詩「天狼星」（「現代文學」期八，同年五月，臺北），洛夫發表「天狼星論」（「現代文學」期九，同年七月，臺北）引起余氏駁文「再見，虛無」（「藍星」詩頁，期三七，同年十二月），向「已經衝入了一條死巷，面臨非變不可的階段」的「現代詩」說再見，並開始「五陵少年」「蓮的聯想」的創作，邁向新古典精神。

⑰ 一九六五年四月廿四日，紀弦在「徵信新聞報」（「中國時報」前身）與「中國文藝協會」舉辦的座談會上發表談話，宣佈取銷「現代詩」名稱，同年五月，在「公論報」副刊發表「中國新詩之正名」（引自同注❹書，頁八〇），此一絕決的態度與余光中之宣佈「再見」，可見六十年代詩風之發展，已使「現代詩」的創始人及「藍星」的掌門人無法忍受。

⑱ 參見注⑬。

特殊的政治背景下產生了脫節現象，文學工作者自然轉而向西方尋求學習[19]。這二個原因，在五十年代使得現代派的信條得以成立，到了六十年代，乃就成爲產生以創世紀爲主流之詩壇風潮的溫床。

創世紀強調的詩的「世界性」、「超現實性」、「獨創性」和「純粹性」，在六十年代的詩壇因此幾乎成爲所有學習新詩的青年詩人的共同圭臬。相激相盪的結果，當時的詩作大抵「只有向內走，走入個人的世界，感官經驗的世界，潛意識和夢的世界」[20]。

就在創世紀獨擅一方的此一階段裏，詩壇、文壇不是沒有其他聲音的出現。藍星在此一階段中集體活動雖幾已停頓，但仍藉著斷續的出刊持續其抒情風創作；一九六二年創刊的「葡萄園」則針對當時現代詩的「難懂」提出了期望：「希望一切游離社會與脫離讀者的詩人們，能夠及早覺醒，勇敢地拋棄虛無、晦澀與怪誕；而回歸眞實、回歸明朗，創造有血有肉的詩章。」[21]；一

[19] 關於此點，當時的健將瘂弦後來分析，是一、「整個文壇也在歐化的情況下發展」，二、「如果寫東西過份赤裸的話，保守的社會、文學界不接受，政府當局也不一定接受」。（引自瘂弦編選，「當代中國新文學大系·詩」導言，臺北天視出版公司，民國六九年四月，頁二一——二二，後改題爲「現代詩的省思」，收入瘂弦著「中國新詩研究」，臺北洪範書店，民國七〇年元月）。

[20] 引自「中國現代文學大系」總序（余光中撰），臺北巨人出版社，民國六一年一月，頁三。

[21] 引自文曉村主編「葡萄園詩選」序，臺北自強出版社，民國七一年八月，頁二。原係「葡萄園」創刊詞，臺北，民國五一年七月。

一九六四年，以本省籍詩人爲主體的「笠」詩刊創刋，針對現代詩的虛無，強調關切現實的本土意識，均具有一定的制衡作用。然而他們的聲音，在當時臺灣政、經、社會文化均強烈籠罩在西化陰影下的環境裏，畢竟是微弱的。

雖然在現代詩風潮的運動中居於支流，但藍星的抒情風、葡萄園的素樸語言以及笠的本土意識，隨著七十年代的來臨，以及臺灣政經結構的大轉變㉒，戰後生長的新的世代，吸收並綜合了這三個詩社的詩風及主張，強烈地向以源於五十年代「現代詩」，盛於六十年代「創世紀」的詩風，提出了「意圖作一重新估價與認眞檢討的試探」㉓，七十年代在臺灣的中國新詩風潮於焉激盪開來。

二

一九七一年三月三日，一份由戰後世代詩人爲主體的詩刋「龍族」在臺北誕生，他們的創刋

㉒ 政治上，一九七〇年十一月釣魚臺事件，一九七一年十月廿五日退出聯合國，一九七二年二月美國總統尼克森訪問北平，一九七二年九月中日斷交；經濟上，一九七二年政府完成五期經濟計劃，工商業抬頭，各項經濟建設逐步展開，都市快速發展，人口膨脹，農村人口外流。

㉓ 引自龍族詩社主編「中國現代詩評論」龍族評論專號，高上秦撰「探索與回顧」，臺北林白出版社，民國六二年八月，頁四。

「宣言」十分簡單：

我們敲我們自己的鑼打我們自己的鼓舞我們自己的龍㉔。

在如此簡單而看似浪漫的宣言中，隱約地透露出新世代詩人羣對於五六十年代「橫的移植」詩風的厭棄，以及在「龍」的象徵之下，對於反歸中國傳統的想望㉕。從此，七十年代出現的詩人羣開始不約而同地採取了自信的態度，邁出他們異於前行代詩人唯歐風美雨是尚的步伐。

與「龍族」年歲相當的「主流」及「大地」也隨後出現在詩壇上。「主流」創刊於同年七月，前二期以同仁創作之刋登為主，一九七二年一月推出第三期後開始朝向有自覺的詩風建立，並於封面內頁以「我們否定／我們以前／所擁有的」為題表示「從本期起，一切都將重新開始……我們將痛痛快快的／在千萬流動之中／流著流著……」㉖，這個自覺，後來在該刋第四期「

㉔ 此宣言見於「龍族」各期封面裏，六——八期上封面。按龍族主要同仁計有林佛兒、林煥彰、辛牧、喬林、施善繼、陳芳明、高上秦、蕭蕭、蘇紹連、景翔、黃榮村等。一九七六年五月出刊第十六期後停刊。

㉕ 參見「龍族命名緣起」，陳芳明著「詩和現實」，臺北洪範書店，民國六六年二月，頁二〇。原刊於「龍族」期十，民國六二年九月九日，臺北。

㉖ 引自「主流」期三，封面內頁。按，主流主要同仁有黃進蓮（後改名為黃勁連）、羊子喬、龔顯宗、凱若、杜皓暉、德亮、林南（後廢棄，使用本名黃樹根）、莊金國、陳寧貴等。一九七六年元月出刊第十二期後停刊。

主流的話」中明白表示：

「主流」正是一羣天眞靈魂之結合，將慷慨以天下爲己任，把我們的頭顱擲向這新生的大時代巨流，締造這一代中國詩的復興㉗。

這個號召倒也頗貼切於他們不崇尙主義、權威，要走出自己的一條路來的期望㉘。而在「主流」之後一年（一九七二）九月創刊的「大地」，則聚集了來自於當時各大學的青年詩人。與「龍族」、「主流」的成員相較，素質較齊一，其「發刊辭」也就更形明晰地針對著五、六十年代的「西化」詩風，提出了意見，並顯示出新世代詩人的理想：

大地的創刊，在我們的意識上並不僅僅是出版了一份同人雜誌而已，我們希望能推波助瀾漸漸形成一股運動，以期二十年來在橫的移植中生長起來的現代詩，在重新正視中國傳統文化以及現實生活中獲得必要的滋潤和再生㉙。

以「龍族」、「主流」、「大地」這三大七十年代初期詩社爲代表的新世代詩人的覺醒，無妨視

㉗ 引自黃進蓮「剃人頭者人恒剃之」，「主流」期七，民國六一年十二月，頁七四。原見於「主流」期四。

㉘ 參見同注㉗引文。

㉙ 引自「大地」發刊辭。按，大地主要同仁有王浩（後易筆名爲王灝）、王潤華、古添洪、李弦、余中生、林鋒雄、林明德、翁國恩、秦嶽、淡瑩、陳慧樺、陳黎、翔翎、翺翺、鍾義明等，民國六六年一月出版第十九期後停刊。

之爲來自於現代詩壇內部的反省，他們謹愼地、象徵性地表達出身爲詩壇後進對於現代詩的期望。

與此同時，來自於詩壇之外的批評家，則十分凌厲而嚴苛地提出了對於詩壇的絕望與抨擊。首先「開火」的是關傑明。

關傑明，英國劍橋大學文學博士，當時執教於新加坡大學英文系，並爲中國時報「海外專欄」作家，一九七二年他在「人間」副刊發表了「中國現代詩人的困境」及「中國現代詩的幻境」，就他所讀過的三本選集「中國現代詩選」（葉維廉編譯）、「中國現代詩論選」（張默等主編）及「中國現代文學大系」（洛夫等主編），沉痛而正面地提出了他的失望：

> 中國作家們以忽視他們傳統的文學來達到西方的標準，雖然避免了因襲傳統技法的危險，但所得到的，不過是生吞活剝地將由歐美各地進口的新東西拼湊一番而已㉚。
>
> 他們漫不經心地指責傳統文化對文字運用束縛太深，但又不能自己深刻地發展出一套控制語文結構及語文使用的理論㉛。

這兩篇文論，觸及五、六十年代現代詩創作上的偏差與一味西化的惡果，立刻引起「創世紀」的緊張（三「選」均係該社同仁主編）。「中國現代詩人的困境」發表後，原已於出版廿九期後停

㉚ 引自「中國現代詩人的困境」，臺北中國時報「人間副刊」，民國六一年二月廿八——廿九日。

㉛ 引自「中國現代詩的幻境」，同注㉚，民國六一年九月十——十一日。

刊，「在深土中隱伏了三年」的「創世紀」隨卽於當年九月推出復刊號三十期㉜，除了非正面答覆了以關傑明為首的批評聲浪以外，也表示對「以往的某些創作觀將有所修正」：

另一方面，我們在批判與吸收了中西文學傳統之後，將努力於一種新的民族風格之塑造，唱出屬於這一代的聲音。「創世紀」創刊之初，卽曾首倡「新民族詩型」，惜乎當時我們鑑於中國詩壇的幼弱，以及深受世界性現代藝術思潮的冲激，僅汲汲於外來養份的攝取，而在觀念與技巧上都難以支持我們的主張，今天我們再回頭來追求此一理想，當不為晚㉝。

但關文第二篇隨卽於同月出現。以「創世紀」為主流的當代詩人，在同年十二月出版的「創世紀」三十一期「創世紀書簡」及「關於『中國現代詩總檢討』專輯」中表示出了「均認為關君言論過份偏激武斷，字裏行間充滿了『聲音與憤怒』(sound and fury)，企圖一筆抹殺全部歷史」的憤慨㉞。

儘管主流派的詩人為之憤慨，但更大的「事件」已在醞釀著。這一次分別來自於新世代詩人

㉜ 參見「一顆不死的麥子」，「創世紀」，期三十（復刊號），臺北，民國六一年九月，頁四。

㉝ 引同注㉜。

㉞ 「創世紀書簡」見於該期頁一一五——一一九，相當程度地表達了當時詩壇對於關文的「憤慨」，其中「葉珊致本刊編者」係就該刊發函邀稿「中國現代詩總檢討」專輯，表示「不必費腦筋駁斥他」的理由，而為該刊接受，於頁一三，昭告取消「中國現代詩總檢討專輯」。

以及六十年代寫過詩的唐文標㉟。

一九七三年七月七日，由第一個新世代詩社「龍族」所主編的「龍族評論專號」，「自去年八月下旬」開始籌劃，在「延誤再三」的情況下，終於推出。專號主編高上秦在「探索與回顧——寫在『龍族評論專號』前面」的序中交待了出版此一專輯的因由，主要來自於一九七二年這一年「春雷乍醒般的」「來自各種不同層次，不同方向的批評及檢討之聲；大家像是一夜之間醒轉來了，正視了現代詩的面貌與內涵」，使得這一羣新世代詩人「在長期的思索中，毅然決定」出版評論專號，「由各種不同身份的個人，透過各種不同的角度，對於中國現代詩壇廿年來的功過得失，作一剖析」㊱。

這一本評論專號相對於一九七二年的「現代文學大系（詩部份）」及「現代文學」雜誌「現代詩回顧專號」，展示出了不同的意義。在同樣面對在臺灣發展的中國新詩二十年發展果實之

㉟ 參見「日之夕矣」，唐文標「平原極目」，環宇出版社，民國六二年十二月，頁三——一〇。原載「中外」文學卷二期四。

㊱ 引同注㉓。關於「龍族評論專號」的策劃，依高上秦序，是「自去（一九七二）年八月下旬」開始，依「緊急啓事——龍族評論專號順延報告」（「龍族詩刊」期八，民國六一年十二月，頁一）則表示「於今（一九七二）年三月擬議出版……八月初，整個評論專號的工作已大致確定……開始多方邀稿、訪問」。關於延誤，依前引文，主要來自於「（主編者）職業的繁忙，經費的短絀，稿件的不齊」加上「十一月印刷廠的倒閉」。

前，後者展示的是對五、六十代詩風的肯定態度[37]。前者則以七十年代詩人的立場，「意圖作一重新估價與認眞檢討的試探」：

細心考察，廿年來的臺灣現代詩壇，誠然有不少現代詩人，在他們一步一步走向他個人的藝術道途上時，是逐漸遠離了他所來自的那個傳統與社會，在孤獨的沉思與刻意的創造中，似已忘記了他仍生活在羣眾中，也忘記了他的作品最終仍要回到廣大的羣眾裏去。他們太傾心於自己的作品，作品的字字句句了，……而外來思想、語彙，與創作理論的大量襲用，又使他們混淆了自己生活的時空；簡單的說，他們似已失去根植的泥土了[38]。

在如此冷靜的檢討下，「龍族」的青年詩人廣邀海內外前中新世代的詩人、學者、作家及讀者發表對於現代詩的看法，分爲「評論」、「訪問」、「書簡」，多元而集中地對於五、六十年代詩風提出了各種諍言。對於詩的創作意見容其各有異同，但基本上共同的趨勢是一樣的：

讀者、作者，都共同要求現代詩的「歸屬性」。就時間言，期待著它與傳統的適當結合；就空間言，則寄望於它和現實的眞切呼應[39]。

---

[37] 如洛夫在「中國現代文學大系·詩」序(同注[15]，頁四)中明白表示：「我們把這期間技巧成熟而風格各殊的詩創作編輯成集，對其發展作一回顧，並予以客觀而審愼之探討，似乎並不嫌早。」

[38] 引同注[23]，頁六。

[39] 引同注[38]。

這種求變的心情，即使是五六十年代詩人也深有同感，「藍星」的余光中就說：「臺灣的現代詩已經到了應該變，必須變，不變就活不下去的關頭了㊵。」

「龍族評論專號」出版後，不僅帶給詩壇二十年來空前的震盪，同時也引起了各界的矚目，彭歌、孫同勛、寒爵、何懷碩、高準等均曾在各報刊雜誌發表相關文章，表示同感㊶。至此，評論專號所象徵的，已不止是新世代詩人對於現代詩發展過程的檢討與反省，它同時也成爲七十年代新詩風潮的第一個浪頭，新世代文學反歸傳統、回饋本土、關切現實的第一面旗幟。其意義至爲重大。

也就是在此一專輯中，當時回國擔任臺大數學系客座教授的唐文標發表了他引起詩壇大譁的文論「什麼時候什麼地方什麼人——論傳統詩與現代詩」㊷，唐在此文中，首先針對「龍族人」發表的詩作表示了他對於初期七十年代詩人羣「投入傳統，學用傳統的語言，模倣傳統的思想，泡製舊的新詩」的驚異，但同時安慰於「若從舊詩的發展，和比他們老半代新詩人的檢討中，我

㊵ 引同注㉓，頁一一，余光中「現代詩怎麼變？」。後收入「聽聽那冷雨」，臺北純文學出版社，民國六三年五月，頁一八一。

㊶ 參閱陳芳明「檢討民國六十二年的詩評」，「中外文學」卷三期一（詩專號）節二，頁四四。該文後收入陳著「詩和現實」，同注㉕，頁六〇。

㊷ 參見同注㉒，頁二一七——二三一。該文後收入唐著「天國不是我們的」，臺北聯經出版公司，民國六五年五月，頁二〇三——二二八。

感到某些觀念還是可以澄淸的」，並以周夢蝶、葉珊、余光中爲例，提出了他的批判，同時，他也在「文季」發表了「詩的沒落——臺港新詩的歷史批判」、在「中外文學」發表了「僵斃的現代詩」[43]這三篇震憾性的文論，引起了所謂「唐文標事件」[44]。

在「詩的沒落」一文中，唐文標分就「腐爛的藝術至上理論」及「都是在『逃避現實』中」兩小節，對於「一九五六年後，詩壇開始了一個所謂抽象化的寫法和超現實的表現」呼籲「要一一予以掃除」，對於五六十年代詩人在「個人的、非作用的、『思想』的、文字的、抒情的、集體的」六大「逃避」上，採取逐一點名批判的論證，要求五、六十年代詩人「請他們站到旁邊去吧，不要再阻攔靑年一代的山、水、陽光了」[45]。在「僵斃的現代詩」一文中，他採取否定的態度宣佈「二十世紀不是詩的世紀」，認爲詩「在歷史上扮演著大騙子的角色，散佈著麻醉劑，迷幻藥」，只有「體察詩的本來面目，健康的個性，詩所特具的美好經濟的言語，和詩能對社會所起的正作用，如詩經所啟示的，那末詩在今日社會仍可以有某些地位的，對未來有轉進的貢獻的[46]。」

[43] 民國六二年八月，「詩的沒落」發表於「文季」，期一，「僵斃的現代詩」發表於「中外文學」，卷二期三。其後均收入唐著「天國不是我們的」，同注[42]。

[44] 「唐文標事件」，係顏元叔所撰專文。「中外文學」，卷二期五，臺北，民國六二年十月。

[45] 引同注[42]，頁一九〇。

[46] 引同注[42]，頁一四四。

這三篇來自於一個曾經是六十年代「走入抽象，挖掘自己，肯定存在感」的詩人[47]的文章，立刻掀起詩壇的風暴，「中外文學」二卷五期首先刊載了顏元叔的「唐文標事件」[48]，從文學的觀點指出唐文標「以偏概全」，二卷六期余光中亦發表「詩人何罪」[49]爲詩人答辯，周鼎則在「創世紀」發表「爲人的精神價值立證」[50]，指責唐文標提倡「詩應服役於社會」、「居心險毒」……

從關傑明的讀後有感，而「龍族評論專號」的「重新估價」到唐文標的「僵斃」論，在看似混亂的辯爭後，在臺灣發展的中國新詩之路向乃就逐漸塵埃落定了。

一九七四年六月，「中外文學」與「創世紀」同時推出「專號」，使此一針對現代詩發展路向的反省與思考，呈現出兩相異同的結果。相對的雙方，一方是代表五十年代的「藍星」，而在六十年代揚棄「現代主義」的余光中，一方是代表五十年代「現代派」的傳承者，而在六十年代揭起「超現實主義」巨纛的洛夫[51]。他們在對應於此一事件的態度上，在反省六十年代的詩風

---

[47] 引同注[35]，頁六。
[48] 同注[44]。
[49] 「詩人何罪」，「中外文學」卷二期六，臺北，民國六二年十一月。
[50] 引自「創世紀」期三十五，臺北，民國六二年一月。
[51] 「中外文學」詩專號（卷三期一），民國六三年六月；「創世紀」詩論專號（期三七），民國六三年六月。據詩專號前言，余光中「詩運小卜」謂「詩專號爲功爲過，應由我一肩擔當」（頁五）可知係余光中主編。詩論專號社論「請爲中國詩壇保留一份純淨」（頁四——九）。後來收入洛夫著「洛夫詩論選集」，同注[15]（頁一三三——一四三），「請」文應是洛夫執筆無誤。

上，在展望其後現代詩的發展上，均採取著截然兩異的觀點與態度。茲表示如左：

區別／觀點	中外文學專號 余光中「詩運小卜」	創世紀詩論專號 洛夫「請爲中國詩壇保留一份純淨」
事件後的態度	二十年來，現代詩的理論與批評，可以說是，各是所是，各非所非，漫無標準……一直要到近兩三年，出現了「隔行」的學院派和「隔代」的青年作家，站在比較客觀的立場來看現代詩，才漸漸顯出澄淸的趨勢。	近年來，中國詩壇在一小撮趣味偏狹，別具意圖，旣無學養誠意，又缺見識與觀念之人的肆意胡搞之下，陷於空前的混亂。他們除了挾其凌厲之筆，狂掃異己，或托足權門（詩壇權貴），嘩眾取寵，以圖一夜成名之外，別無建設性的論據。
六十年代詩壇	二十年來現代詩之所以混亂，創作者本身學養不足，判斷無力，因而輕易隨波逐流，該是一大原因。六十年代反傳統的現代主義，曾經盲目的排斥所謂「學院派」。今日回顧起來，這種排他的作風是錯誤的。詩固然不是憑學問寫出來的，但是欠缺學養卻不能成爲詩人，至少不能成爲生生不息層樓更上的一流詩人。多年來	新詩受西方影響實爲一不可避免的趨勢……主要原因乃在新詩歷史甚短，在其發展過程中，新詩人之需要營養，亦如嬰兒之需要奶瓶，不管是英國奶粉、法國奶粉、美國奶粉，只要有助於它的發育與成長，無一不可吸收，飲外國牛奶未必就變成外國人，近年來中國現代詩人較成熟的創作就是最佳證明。至於精神上的虛

的反省	不少詩人奢言反傳統，一方面自絕於古典，另一方面又無力眞正了解西方，結果只有三五知己朝夕相對，交換彼此的短見和傳聞，現代詩怎不日趨狹隘？	無，風格上的晦澀，意象語的經營，以及對純粹性的追求，決非「西化」二字可以概括，這是時代使然，當代文風使然，而且中國古已有之。
前瞻	新生代雖已漸漸崛起，但是對於詩壇的震撼，與其說是創作的成就，不如說是批評的突破和思想的獨立……「新人輩出」的盛況也許三五年內就會出現。	學院派之興起，正是中國現代詩日趨沒落的徵兆，而普羅思想的抬頭，更是中國現代詩趨於絕滅的喪鐘。

然而不管是正視新世代詩人的抬頭、或者將之視爲洪水猛獸，在「一個羣性與個性調適的，思想與語文澄澈的、理解傳統、正視現實、不學樣、不矯情的創造態度」[52]之下，戰後出生的七十年代詩人已經開始有自信地跨出了異於六十年代詩風的步子，「在社會的、生活的、鄉土的諸般層面裏，用自己的筆，傳達出我們這個時代的悲歡愛恨；用自己的手，推動着大夥兒，一步步向前去」[53]。

[52] 引同注[23]，頁八。
[53] 引同注[23]，頁七。

三

上節所述，自一九七一年至一九七四年這三年間，從三大新世代詩社的出發與反省，到學者、詩人、讀者對於現代詩「歸屬性」的要求，基本上是在臺灣發展的中國新詩的一個重大的轉捩點——相對於「世界性」、「超現實性」、「獨創性」和「純粹性」，潮湧的新世代詩人透過詩刊詩社的創辦、詩選詩介的編輯、詩論詩集的出版以及各種關係於詩的活動的主辦，走向他們理想中的「民族性」、「社會性」、「本土性」、「開放性」和「世俗性」，影響所及，七十年代的詩壇亦由昔日之頹廢虛無轉趨於勁健有力。

一九七三年六月，早於「龍族評論專號」的推出，「龍族」詩社的同仁選集「龍族詩選」54出版了。主編人陳芳明以「新的一代新的精神」爲序，強調龍族詩人羣「已和上一代有很大的區別」的精神——

龍族精神，也就是開放的精神，兼容並蓄的精神。然而，龍族詩刊既沒有一定的風格，又不提倡當代的各種主義流派，那麼，它所追求的方向是什麼呢？它的理想又是什麼呢？

54 「龍族詩選」，臺北林白出版社，民國六二年六月。按，本詩選係同仁選集，計收蘇紹連、陳芳明、黃榮村、林忠彥、施善繼、喬林、陳伯豪、辛牧、景翔、高上秦、林佛兒、劉玲、林煥彰等十三家詩作。

……第一、龍族同仁能够肯定地把握住此時此地的中國風格，第二、誠誠懇懇地運用中國文字表達自己的思想，第三、詩固然要批判這個社會，但是，也要敞開胸懷讓這個社會來批判我們的詩。從上面的三點觀察，不難瞭解，龍族的理想是『世俗化』，質言之，便是入世的精神。……如何表現出這種精神呢？從語言的運用來看，就是走樸素的路線。從題材的選擇來看，就是走多樣性的路線[55]。

比「龍族」晚一年出發的「大地」詩社，繼「龍族詩選」結集三年後出版了同仁選集「大地之歌」[56]，署名「大地詩社編輯委員會」發表的序，同樣也明白地表示：大地詩社的創立及其詩觀形成，「乃對當前詩壇的一種反動，一種修正」——

從歷史中我們要求縱向繼承——關懷現實的精神意識。從現實中我們要求橫面剖視，我們呼籲早早揚棄「世界性」的枷鎖。橫的移植來的歐戰後的徬徨、悲痛，宗教失落後的淒厲、蒼白……都不是我們所有：我們生存的時代、地域，是二十餘年的寶島土地，這片大地滋育我們、養活我們，它所發生的問題就在你我身旁不斷出現，因此我們要求詩人介

[55] 引同注[54]，後收入「現代詩導讀」理論史料篇，頁四四二——四四六。
[56] 「大地之歌」，臺北東大圖書公司，民國六五年三月。按，本詩選係同仁選集，計收王浩、王潤華、古添洪、李弦、余中生，何錡章、林鋒雄、林錫嘉、林明德、吳德亮、翁國恩、秦嶽、淡瑩、黃郁銓、陳慧樺、陳德恩、陳黎、童山、翔翎、翺翺、藍影、鍾義明、蘇凌等廿三家詩作。

入，付出更深更廣的關切57。

一九七五年五月四日創刊的「草根」詩刊，加入了「龍族」、「主流」、「大地」三足鼎立的陣勢，更進一步，以極其理性的態度，週延而深入的反省，提出了新世代詩人與前行代相異的觀點及其走向。在「草根宣言」中，他們以七小節分析了五十多年來中國新詩的發展，而後提出了「在精神和態度」方面的四大原則：

一、處在這樣一個國家分裂的時代，我們對民族的前途命運不能不表示關注且深切眞實的反映。

二、詩是多方面的，人生也是。我們不認爲詩非批評人生不可，但是認爲詩必眞切的反映人生，進而眞切地反映民族。

三、我們體察到詩之大眾化與專業化是一而二，二而一的。其中的分野，要視題材的處理與藝術手法的傾向而定。我們願見二者各有各的表現，互相平衡而不偏於一方。

四、對過去，我們尊敬而不迷戀，對未來，我們謹愼而有信心。我們擁抱傳統，但不排斥西方。……我們願把這份(專一狂熱的)精神獻給我們現在所能擁抱的土地：臺灣58。

57 引同注56，頁五。

58 引自「現代詩導讀」理論史料篇，頁四五八。原刊於「草根」月刊卷一期一，臺北，民國六四年五月。按，「草根」主要同仁有羅青、李男、詹澈、邱豐松、張香華等。出版四十二期後停刊。

如此的精神和態度的提出，一方面延續著龍族以來「反過度西化」的精神，但顯然是制約的、中肯的，另方面，它更融合了中國新詩發展中的各種論見，加以治鑄，形成七十年代新詩風潮的一股中流。

尤其，做爲中期新世代詩人羣的代表，「草根」更進一步「在創作和理論」方面，提出了見解：

一、詩想是詩的語言和形式之先決條件，我們不迷信語言，也不忽視形式。

二、我們不必要求詩一定要講求文法，但新鑄的語句，應當避免謎語式的割離和矯揉式的造作。……不避用對仗……中文特性……用典……。

三、無論從事任何一種詩創作，我們都不放棄詩的音樂性。

四、……我們要不斷的在新詩的形式上研究探討，實驗，創造。……我們認爲詩歌可以合一，以發展新民歌的可能性[59]。

與「現代派」成立所發佈的「信條」比較起來，「草根宣言」不論在新詩的創作態度和理論上，均顯得週延而成熟，而就整個中國新詩的發展來看，這也是第一次把涵括層次加以中和、提升的詩的論見。它與一九一六年胡適第一次因新詩論爭所提出來的「新文學之要點」[60]，在(一)不

[59] 同注[58]，頁四五九。

[60] 胡適於一九一六年八月十九日寫信給朱經農，中有一段提及「新文學之要點，約有八事：(一)不用典，(二)不用陳套語，(三)不講對仗，(四)不避俗字俗語，(五)須講求文法，(六)不作無病之呻吟，(七)不摹倣古人，(八)須言之有物。」此一論點，經過其後的修正，成爲新文學運動中有名「八不主義」(參同注[9]引文及書)。

用典，㈡不講對仗等二點上有了修正；與一九五六年紀弦的「現代派信條」，對「橫的移植」、「詩的純粹性」的堅持更截然兩異，而在「詩的音樂性」的追求上，則顯然與紀弦及其之後在臺灣發展的中國新詩是相牴觸的。

但是，「草根宣言」的最重要的意義，還在於它的前瞻性，針對現代詩的未來發展，它整合了以「龍族」爲代表的七十年代詩人羣所追求的、異於五六十年代詩人的「民族詩風」、「現實關懷」及「尊重世俗」、「正視本土」與「多元並進」的詩觀，同時以新的美學觀念，「證明在觀念與技巧上他們與前一輩的詩人處於對立的地位」[61]。

整個七十年代的現代詩風潮，可以說，因「草根宣言」的提出，到達底定的階段。在此之前，現代詩壇內外的論戰，提供給它一個省視反芻的基礎；在此之後，現代詩壇以及年輕的一輩則以它爲基礎，分別以作品的創作、詩選的出版，詩活動的推展，證明了它的論點。

如一九七六年創刊於南投草屯的「詩脈」，即在其創刊號中，以「本社」名義發表「詩脈的律動」，「投下三個願望」：

一、繼承中國的傳統，一脈相承，使詩的命脈永遠律動綿延奔流。

二、探討詩的來龍去脈，把握詩的本體，建立正確客觀的理論批評根據。

---

[61] 借洛夫語，引同注[15]，頁二三。

三、以精心誠懇的態度爲詩把脈，希望對詩及詩壇的某些病態有針砭的作用[62]。

該刊並在同仁創作及理論上「探求更樸實的鄉土與社會性」[63]；一九七五年十二月的綠地則以「中國當代青年詩人大展專號」爲名推出十一期，收入戰後出生的新世代詩人九十七家創作，全面性地展示七十年代詩人的創作旨趣[64]；他如具有研究、整理、賞析性質的詩選亦不斷推出，以「走入人羣」，尊重世俗爲原則的詩的活動也隨之趨於熱烈[65]。

其中，以整合七十年代中期出現之青年詩人羣爲主的「陽光小集」，在詩的活動上對求取現代詩之「世俗化」尤其顯著。

「陽光小集」，一九七九年十二月創刊，其同仁組合初期以「暴風雨」、「綠地」、「詩脈」、「北極星」四個詩社之同仁爲主，一九八一年三月改版推出「詩雜誌」後，納入了「草根」、「

---

[62] 「詩脈」季刊，期一，草屯，民國六五年七月。按「詩脈」主要同仁有岩上、王灝、老六、李瑞鄆、李瑞騰、李默默、向陽、鍾義明、張子伯等。民國六七年九月出刊第八期後停刊。

[63] 引同注[6]，頁一四〇。

[64] 「綠地」期十一，高雄德馨室出版社，民國六七年六月。據該刊序，「這次的展出以中國當代卅五歲以下（按卽三十四年後出生）之青年詩人爲對象」計展出九十七家。按，「綠地」主要同仁有傅文正、風岭渡（後改用本名何炳純）、李昌憲、陌上塵、紀海珍、陳煌、履彊、鍾順文、張弓（後易筆名爲張雪映）、許藍山、莊錫釗、蔡忠修等。民國六七年十二月出刊第十三期後停刊。

[65] 參見張默「中國現代詩壇卅年大事記，一九五二——一九八二」（「中外文學」，卷十期十二，臺北，民國七一年五月，頁二〇六——二六二）

創世紀」、「藍星」、「主流」、「大地」等社同仁以至於更新的世代詩人。在創作態度上，延續了「龍族」以降新世代詩人羣的精神⑯，而在詩的「世俗化」之上，則採取更爲積極的態度。

> 我們寧可踏實地站在這塊土地上，與人羣共呼吸、共苦樂；寧可磊落地站在詩的開放的陽光下，種植各種花草、欣賞各種風景——我們不強調信條、主義，不立門派，不結詩社，不主張某種來自某時或某空的「繼承」或「移植」……在這種理由下，我們——一羣仍在努力、摸索，同樣以詩爲最高信仰，却各自擁有各自的詩的信條、主義的年輕詩人、畫家、歌手——結合在一起辦「陽光小集」詩雜誌，在臺灣現代詩壇卅年來擾攘不停的環境中，在社會已趨向多元化的時代裏，我們不求「純粹」辦一份專門爲詩人辦的詩刊，但願……爲關心詩的大衆提供一份精神口糧。以詩爲中心，嘗試各種藝術媒體與詩結合的可能⑰。

相應於已趨多元化的臺灣社會，「陽光小集」的多種改革基本上延續著自「龍族」、「主流」、「大地」以至「草根」以降的新世代詩人羣的精神，而求其更形社會化。由於該刊目前尚在發展

---

⑯「陽光小集」創刊時原爲同仁作品合集，收錄向陽、張弓、陳煌、李昌憲、莊錫釗、陌上塵、林野、沙穗等八家詩作，一九八〇年七月夏季號第三期改爲詩刊形態，一九八一年三月春季號第五期，革新爲「詩雜誌」形態，其同仁分佈遍全島，來自國內各詩社，目前仍出刊中。

⑰引自「在陽光下挺進——詩壇需要『不純』的詩雜誌」，「陽光小集」期十社論，臺北，民國七一年十月，頁六——八。

中，殊難論定。然而，做爲七十年代詩人羣的最後一個詩刊68，在銜接八十年代的現代詩風潮上，無疑的，它具有「橋樑」的作用。

由「龍族」的自覺以至於「陽光小集」的奮進，基本上是來自於詩壇內部自發的改革，它們對於七十年代現代詩風潮的湧動，固有一定功能；然而，如同關傑明、唐文標事件這些來自於詩壇之外的批判，七十年代末期「詩潮」的創刊以及「鄉土文學論戰」的波潮，亦不能略而不提。

一九七七年五月創刊的「詩潮」，採取異於現代詩壇觀點的方式推出，「要求顯現比較雄健的風格，並且對於有關工人與農人的詩篇各闢專欄，對鄉土民歌風格的作品及對國家民族作整體歌頌的作品也都各予以專屬而相應的篇幅」69，引起了現代詩壇與文壇的驚駭與震撼70。

---

68 據張默「從『新詩週刊』到『春秋小集』」，繼「陽光小集」之後創辦的詩刊，有報紙型的「時報詩學月誌」，創刊於一九八一年七月卅一日，詩刊型的「腳印」，創刊於一九八一年八月。引同注6，頁一三四。

69 引自「爲『詩潮』答辯流言」，高準著「文學與社會改造」，臺北德華出版社，民國六七年十一月，頁二五五。按，「詩潮」係由高準主編，臺中藍燈出版社出版。

70 「詩潮」於一九七七年五月推出後，高準自述「自去（一九七七）年七、八月以來，臺灣卽有一種流言，說有人提倡『工農兵文學』，是『狼來了』。並且有人對我說，那指的就是『詩潮』。我問心無愧，繼而有人指名批評『詩潮』，其中刋於『聯合報副刊』的文字（按，待查證），我已……有所答覆。本年一月卅日及卅一日『中華日報副刊』刋出彭品光先生的『文學不容劃分階級——我們反對所謂工農兵文學的觀點』一文，更可代表對『詩潮』的流言……」。引同注69，頁二五六——二五七。

揭於該刊卷首的「詩潮的方向」則自「三民主義革命文學的總旨趣」出發，提出五大目標：

一、要發揚民族精神，創造爲最廣大同胞所喜讀樂聞的民族風格與民族形式。

二、要把握抒情本質，以求眞求善求美的決心，燃燒起眞誠熱烈的新生命。

三、要建立民主心態，在以普及爲原則的基礎上去提高，以提高爲目標的方向上去普及。

四、要關心社會民生，以積極的浪漫主義與批判的現實主義，意氣風發的寫出民眾的呼聲。

五、也要注重表達的技巧，須知一件沒有藝術性的作品，思想性再高也是沒有用的㉛。

持平地說，這五大目標、其實也正是七十年代詩人多元而集中表現的主題與願望；但畢竟相對於該刊與七十年代的現代詩壇在詩態度上的不同，以及發行上的困難，對於七十年代詩人羣的影響，究屬乏力。

爆發於一九七七年夏的「鄉土文學論戰」，基本上與現代詩壇七十年代的風潮有其平行並進的脈絡，也有其交疊之處。一方面，七十年代初期「關、唐事件」及「龍族評論專號」，除了如前述係屬現代詩反西化運動的先鋒外，同時也引起文化界同樣的省思，進而促成本土文化的抬頭，於是詩與小說遂雙軌式地向着同樣交疊「反歸傳統、擁抱鄉土、關懷現實」的目標前進，不

㉛ 同注㊴，頁二五六。

同的是，「鄉土文學論戰」之重心在小說，偶及於現代詩，而參與者亦率皆爲小說家、評論家，整個現代詩壇則似無動靜[72]，此點頗值探討，唯已超出本文範圍矣。

然而，七十年代末期的「鄉土文學論戰」雖然未在七十年代的現代詩風潮中顯示威力，卻是湧動八十年代現代詩風潮的重要促媒，通過「鄉土文學論戰」，有不少新世代詩人開始蛻變風格，重新確立詩觀，投向關切現實的原野，八十年代初期上場的「政治詩」、「歌謠詩」可謂爲此一風潮的浪頭。

四

從一九七一年三月「龍族」創刊，到一九八一年三月「陽光小集」改版爲詩雜誌，七十年代以新世代詩人爲主流的現代詩風潮略如前述。本節擬就七十年代的詩壇論爭及重要新世代詩社的宣言、見解及其作爲，從中分析，歸納此一風潮的定位及其特色。

---

[72] 參閱彭歌等著「當前文學問題總批判」（臺北，中華民國青溪新文藝學會出版，民國六六年十一月）及尉天驄編「鄉土文學討論集」（臺北，編者出版，民國六七年四月）。據兩書，現代詩人以個人身份涉入論戰者有銀正雄、余光中、蔣勳、高準等，份量不多，而詩刊涉入者，也只有「笠」詩刊以「現代詩與鄉土文學」爲題辦了一次座談（詳尉編，頁七八八——七九七）。

就七十年代現代詩風潮的定位言之，相對於六十年代以高標的「超現實主義」⑬為首的西化詩潮，七十年的新世代詩人採取的毋寧是以民族傳統為縱經、本土社會為橫緯，從而確定座標的「現實主義」⑭。唯必須提醒的是，此處所謂「主義」係界定於做為文藝流派運動，而非做為區別文學精神與實質的美學問題。

基本上，文學思潮的演變恆與文學本身的發皇、或衰微有其必然的關係，「詩文之所以代變，有不得不變者。一代之文，沿襲已久，不容人人皆道此語，今且千數百年矣，而猶取古人之陳言一一而摹倣之，以為是詩，可乎？故不似則失其所以為詩，似則失其所以為我。」⑮從中國新詩發展流變來看，此即胡適倡新詩、紀弦倡現代詩之原由，他們或改變詩的語言，要「令國中

---

⑬ 關於在臺灣發展的「超現實主義」，洛夫認為「不可否認，超現實主義的藝術思想對我國現代詩的發展與成長，確具有相當的影響」、「在精神上，超現實主義可說是達達主義的繼承」，而其特質之一則係「反抗傳統中社會、道德、文學等舊有規範，透過潛意識的眞誠，以表現現代人思想與經驗的新藝術思想」。參見「超現實主義與中國現代詩」，收入同注⑮引書「洛夫詩論選集」，頁八四——九〇。

⑭ 「現實主義」(Realism) 或譯寫實主義，據朱光潛著「西方美學史」下卷（臺北漢京文化公司，民國七一年十月）所論，做為文學潮流中的流派，現實主義與浪漫主義基本上是對立的。凡對於人類生活做眞實而赤裸裸的描寫者，謂之現實主義，浪漫主義則有二種不同，消極的浪漫主義，粉飾現實，以使人與現實妥協或逃避現實，墮入內心世界之深淵去，積極的浪漫主義則企圖加強人的生活意志，喚起人對現實的反抗。參閱引書頁三三八——三五三。

⑮ 顧炎武「日知錄」卷二一。

之陶謝李杜敢用白話高腔作詩」76，或引進外來的理論，要「使整個詩壇全部現代化」77。皆是自文學的新陳代謝及其力求獨闢風潮來。

其次，文學思潮的演變恆因時代空間的換位與影響，而有其不得不然的反應與更迭，做為先秦儒家詩論體系總結的「詩大序」說得好：「情發於聲，聲成文謂之音。治世之音安以樂，其政和；亂世之音怨以怒，其政乖；亡國之音哀以思，其民困。故正得失，動天地，感鬼神，莫近於詩。」78此所以五、六十年代現代詩風之「在形式（語言上或題材）上過份歐化」、「在精神上太過孤絕，流於個人的夢囈，欠缺廣大社會的關注和同情」79，亦所以七十年代的詩人羣要求現代詩「就時間而言，期待着它與傳統的適當結合；就空間言，則寄望於它和現實的真切呼應」80。他們或面對時代社會的保守而有「不能把話說得太明白」81的反應，或因「國際局勢的轉變，社會結構的更替」而有「驚悟到面對現實，接近社會與民族背景的重要」82的覺醒。此皆是文學風潮在外緣因素的逼臨下所產生的改變。

---

76 引同注9，頁一二六。
77 引同注16，頁二四。
78 引自「中國歷代文論選」，臺北木鐸出版社影本，民國六九年五月，頁四四。
79 借用瘂弦語，引同注19，頁二一。
80 引同注23，頁六。
81 引同注19，頁二三。
82 引同注23，頁七。

但不管是來自於文學本身的求變，或來自於外在因素波盪下的求變，七十年代在臺灣發展的中國新詩風潮乃就在與五、六十年代詩潮有所異質的「現實主義」下，展現了它的五大特色：

其一，是反身傳統，重建民族詩風：精神上，「表現這一代在經歷二十餘年的迷惘之後，重又揚厲着健康而熱誠的調子：重新回頭審識三千年偉大的傳統」[83]，要「寫出具有國籍的作品」[84]，「對民族的前途命運不能不表示關注且深切眞實的反映」[85]；創作上，「要求發揮其傳統的特性，調整改正……可融鑄舊語，創造新詞，但應避免過度的扭曲、壓擠，務需保持其示意之清明澄澈」[86]，「不避用對仗，及一切適用於詩中的中文特性」[87]，以「誠誠懇懇地運用中國文字表達自己的思想」[88]，「同時在抒情傳統的發揚之外，努力開拓敍事傳統」[89]。凡此種種，均是新世代詩人羣對於「縱的繼承」的肯定，而於七十年代末期，因詩評解析的不斷注入中國古典文學的評注方式，獲得發揚。

---

[83] 引同注[56]，頁一〇。
[84] 引同注[1]書，頁四四〇。
[85] 引同注[86]。
[87] 引同注[58]，頁四五九。
[88] 引同注[84]，頁四四一。
[89] 關於敍事詩的提倡，龍族、大地、草根均曾呼籲，詳各該詩刊宣言及詩論詩選序，不贅。但以實際行動倡之者，應屬後來擔任中國時報人間副刊主編的「龍族」健將高上秦，一九七九年他爲「第二次時報文學獎」增列「敍事詩獎」，從此使敍事詩成爲詩壇思考的主題之一，而當屆應徵獲獎者，如白靈、向陽、施善繼、楊澤、羅智成、黎父、鄭文山、周安托、陳家帶、陳黎……等，亦率爲七十年代前中後期出現之新世代詩人。

其二，是回饋社會，關懷現實生活：精神上，延續着民族詩風。要「跨出自己的門楣，望一望外界的實在，投入到生活的原野，與我們周圍的人羣同哭同笑，接受我們作爲一個中國詩人的歷史背景與現實意義，接受那風風雨雨的考驗」⑳，更進一步對於關懷現實，「要求以思想作領導，反映它們，批評它們，因此新詩需要的是思想性，對於社會大眾，除了關懷，更要加以提升、引導」㉑；創作上，要「以接近日常生活的語言做爲詩的材料」㉒，「從平淡之中表現最豐盈的涵意，精確的使用新的語言，表達現代人的感覺」㉓。這種認識，甩開了六十年代詩人對於現代詩語言「在相尅相成的兩種對抗力量之中，提供一種似謬實眞的情境，可感到而又不易抓住，使讀者產生一種追捕的興趣」㉔、而其實是「於是某一詩人形成某一密碼，某一圈子形成一封閉世界。最後讀者視詩人爲密碼專家，視詩集爲密碼秘本，除卻少數研究密碼的專家驚詫其中的張力、密度，大部份讀者卻不願接受」㉕的語言觀念。

其三，是擁抱大地，肯認本土意識：精神上，延續着民族詩風的重建與對現實的關懷，「年

⑳ 引同注㉓，頁七。
㉑ 引同注56，頁六。
㉒ 引同注84，頁四四四。
㉓ 引同注56，頁八。
㉔ 引同注⑮，頁二〇。
㉕ 引同注56，頁三。

輕人來愈相信，假使我們不愛這塊生我育我的土地，不去認識它，並爲它流血流汗辛勤耕耘的話，我們將成爲歷史上一羣最可悲，也最沒有面目，沒有責任的人」[96]，他們意會到「我們生存的時代、地域，是二十餘年的寶島土地」[97]，因此，他們「願意把這份（創造的）精神獻給我們現在所能擁有的土地：臺灣」[98]，要「踏實地站在臺灣的土地上，與人羣共呼吸，共苦樂」[99]。於是七十年代詩人羣與五、六十年代詩人羣在其詩風表現上，乃就明顯地有了「鄉疇詩」與「鄉愁詩」的不同面貌[100]。

其四，是尊重世俗，反映大衆心聲：精神上，延緒着民族詩風的重建，現實生活的關懷，本土意識的肯認，新世代詩人羣了解「詩，並非是最高的藝術；大眾，也不是最低的賤民。……詩人唯有與大眾交互溝通，然後文學史才有發展可言」[101]，他們也「體察到詩之大眾化與專業化是一而二，二而一的。……詩人有責任向所有人的內在心靈挖掘，而不僅限於知識份子的心靈」[102]，

[96] 引同注[23]，頁七。
[97] 引同注[56]，頁五。
[98] 引同注[58]，頁四五八。
[99] 引同注[67]，頁七。
[100] 參見蕭蕭撰「鄉疇與鄉愁的交替——論近十年中國詩壇風雲」，臺北「陽光小集」，期五，民國七十年三月，頁一四——二一。
[101] 引同注[84]，頁四四二。
[102] 引同注[58]，頁四五八。

從而基於此一精神，創作上，他們走樸素的路線，採用明朗的風格，「在某些情況之下，因題裁詩想的需要，我們認為詩歌可以合一，以發展新民歌的可能性」(103)，甚至在詩刊的型態上，「不求『純粹』辦一份專門為詩人辦的詩刊，但願『不純』地為詩壇開闢一道活水，為關心詩的大眾提供一份精神口糧」(104)，他們也透過詩歌演唱，詩畫上街等活動來推動現代詩的世俗化。而這些與五、六十年代的詩觀幾乎是牴觸的。

其五，是崇尚自由，鼓勵多元思想：精神上，緣於新世代詩人出身於自由開放的社會，接受西洋式的民主教育，因此出現於七十年代的詩刊詩社，可謂全都未曾主張某一文學主義，如五十年代紀弦之倡「新現代主義」，六十年代創世紀之揭「超現實主義」、笠之揭「新即物主義」者然。相反的，一方面也由於他們面對的時空與前行代有異，「在精神意識與創作態度上……均能一本縱的繼承傳統與橫的剖視現實的原則，反映現實社會的森羅萬象，從而加以批判、思考，追求其意義性……從極為寬廣的角度去觀察，從不同的層次去挖掘」(105)，「因而只強調一種感情或一種詩觀，已不能使創作者感到滿足，他必須不時地向各個層面伸出觸鬚，不斷地向生命內部和生命的外在環境做探索的工作，然後，一個創作者的精神，一個民族社會的面貌，才能整體地浮

(103) 引同注(58)，頁四五九。
(104) 引同注(67)，頁八。
(105) 引同注(56)，頁九。

現出來」⑩⑥，在這種理由下，「需要與大時代脈搏共同呼吸的巨製，但屬於個人一己喜怒哀樂的抒情作品，只要眞誠動人或富有情趣，也欣然接受，絕不排斥」⑩⑦，而其終極自然是「不強調信條、主義，不立門派、不結詩社，不主張某種來自某時或某空的『繼承』或『移植』」⑩⑧。與五、六十年代動輒以「主義」相互撻伐的詩壇風潮相較，七十年代的詩風雜然並存，不宗於一是，已趨於多元化。

以此五大特色爲主的七十年代現代詩風潮，也反映在七十年代出現的詩刊及八十年代階段仍繼續發行的詩刊上，雖然在每一特色上，每一詩刊仍有其程度的異同，此有待另文探討。但不論如何，這五大特色的掌握及影響，確已使七十年代出現的新世代詩人，從他們原來無可避免的在創作上受到前行代詩人影響的影子中，很快地跳了開來，以活潑而義無反顧的步伐，邁向八十年代。

五

⑩⑥ 引同注⑧④，頁四四六。
⑩⑦ 引同注⑤⑧，頁四五八。
⑩⑧ 引同注⑥⑦，頁七。

不過，新世代從現實主義出發，力圖扭轉五、六十年代浪漫主義支流下的「現代主義」、「超現實主義」的風潮之努力，基本上如前節所述，有其文學本身自發的變革，也有其因外力沖激而來的覺悟，以短短十年的努力，自不可能圓熟，因此，這五大特色的闡揚，也容易相對出現五組弊端。試圖示如左：（←→兩端形容詞代表兩極詩風反應）

西化←重建民族詩風→排外

晦澀←關懷現實生活→淺白

放逐←肯認本土意識→偏狹

自我←反映大眾心聲→媚俗

單一←鼓勵多元思想→散亂

就七十年代現代詩風潮之初起而言，係針對五六十年代做爲主流的「西化、晦澀、放逐、自我、單一」之浪漫主義之詩風的反動，原係十分正確的運動，唯過之亦猶不及，如何把握「重建民族詩風、關懷現實生活、肯認本土意識、反映大眾心聲、鼓勵多元思想」的活潑而勁健的精神，以避免墮於「排外、淺白、偏狹、媚俗、散亂」之現實主義的末流，在晉入八十年代的今天，恐怕更需要以七十年代詩人爲發展主流的詩壇多加思考。

問題的關鍵在於對藝術本質的認識。藝術在本質上是一種創造，而創造是一種自覺的有目的的活動。這種活動必須根據自然或客觀現實，不能無中生有；但也必須超越自然或客觀現實，不能是依樣畫葫蘆，而是能主動的反映現實。用達・芬奇和歌德都說過的話來說，藝術須是一種「第二自然」，一種由人創造而且爲人服務的產品，一種既能反映客觀現實又能表現主觀理想的產品。就在這個意義上，浪漫主義和現實主義是藝術在本質上都不可缺少的因素[109]。

在回顧七十年代詩人羣因意識上的自覺，以現實主義激濁約繁，湧動出的活潑而清澄的風潮之後，我們瞻望在臺灣發展的中國新詩的未來，尤其需要三復前引之言，而如何從藝術的本質上去調適現實主義與浪漫主義，以期現代詩底於大成、步向康莊——此一責任及其成敗，自然也就不能不落在所有活躍於八十年代的現代詩人的肩上了。

——七十三年六月「文訊」月刊十二期
——本文為參加「現代詩學研討會」論文（七十三年六月二日）
——七十四年三月選入爾雅版「七十三年文學批評選」

---

[109] 引同注[74]，頁三五九。

二、春秋代序

凋落的黃葉常掩覆土地，而土地也自會存菁去蕪，潛吸默收，等待花果的孕孳吐放。

文學創作也是如此，不但要往現實的土地紮根，同時應向明日的天空結育花果。

在花月與血淚之間

——眞生活，實創作

人類的精神生活，大抵可粗分爲兩種極向，其一趨於閒適、纖穠、綺麗，追求生命的富美；另一則在煩苦、悲慨與衝突中，爲求得生命力的舒放和呈現，而從事無盡的掙扎。前者圓柔，惜失之浮泛；後者勁健，太過則易偏於乾枯。唯有兩者交揉混凝，相互爲用，方能不以物喜不以己悲，達到現實與理想合而爲一的境界。

文學與藝術可說是人類精神生活之最大表徵，自人類知道使用符號（圖騰卽其一例）以來，卽以粗糙的形式，表達了最簡單的文學和藝術之概念。其後文字造出，祝祭之辭衍成廟堂之文，豐欠之歌化爲頌嘆之詩，文字與符號，遂負起爲人類的思想與精神活動作鼓吹或記載之責。

「詩言志，歌詠言」，這是我國文學藝術之最早的功用觀。志分廟堂山林，言有悲歡憂喜，所以言之詠之，卽緣於文學藝術之最大功用，乃在表達創作者自身之生命，及其對所處羣體之相對立場。屈原離騷全篇著在一「怨」字，對個人命途多舛之悲慨，對「方圓不能周」的羣體之怨懟，對國家的不如己意之心傷，在在表達了一個文學者的血志淚言，而其胸中是猶自存有一片花好月圓的；曹雪芹紅樓夢一書則側重於「夢」之一字，「滿紙荒唐言，一把辛酸淚」，無非人生若夢，假假眞眞，埋石葬花，回頭是岸。作者假託村夫野語，以抒一己人海浮沉之悲鬱，雖花月皆着怨嗔，何嘗不也隱喻人世之血淚？

希臘神話中酒神戴奥尼索斯與太陽神阿波羅，分別被尼采借以訴說其哲學理念，卽在於酒神之象徵生命力的流動，而太陽神代表了理智的曠達和含蓄的雄渾。譬之我國文學史，李白之豪放不羈，杜甫之沉穩高古，正足相抗。言志與載道，原視作者各人心性之異同而有差別，然則繩之太白以言志，界之子美以載道，乃無異是對兩大詩人之鄙視與淺見。人類的精神活動，誠有酒神勁健、太陽神圓柔之區別，其間亦無一定等値，不可卽據以胡說也。

花月富美，萎閉於寒陰；血淚苦鹼，充沛乎患難。追求個人生命的花月，體受外在現實的血淚，原是所有創作者不能不面對的「兩極衝盪」。或太過酖溺於自身，而騖求純美，或太過關心世間，而衡量功利。騖求之深，衡量之重，終至於黨同伐異，各立山門，不僅未能於文學藝術之長進相磋商，乃至於連其立場亦多所動搖，而鶯梟並鳴，正反混淆，攻伐論戰一如激水亂石，就地吵擾，更不知協力並進，就是海濶天空了。

翻讀中國新文學史，五四而後至今垂一甲子，古人以三十年爲一代，則亦已是二代將結三代欲出。而第一代大約可以文學革命始革命文學結做其縱經，此時期可說是播種施肥期，惜卅年代革命文學聲囂塵上，唯血淚爲務，一味挖掘陰暗，攻正揭私，而不知生命亦有花月，反淪爲政治工具，一至家國爆破，血山淚河，殊可痛惜！政府播遷來臺至今，乃是裁枝剪葉期。三十年來，在政經文教上，我們均有突飛猛進的革新與改善，文學界亦是花吐艷香月放青芒。自初期之戰鬪文學以至如今現代文學，此期間已可見蘊育果實之作品產生，唯五十年代後期存在主義之餘波橫掃國內，彼時中層知識份子亦競相「嘔吐」，部份創作者乃各自「尋根」，於是凡外國有「主義」可侈借，卽移來植種，而不問其根源、背景及適合國情否？袁宗道論文：「心中本無可喜事，而欲強笑，亦無可哀事，而欲強哭，其勢不得不假借模擬耳。」頗能譬之。

如今這種種畢竟是過去了，在繼承傳統與擁抱大地的呼喚下，晚近之文學界又展現出一片生機；然而在無數創作者的反身自省與讀者的批評建議下，一方面我們也在文學作品呈現出來的世界中，面臨了抉擇和揚棄的困惑。關於「問題」的現代詩，「新興」的鄉土文學……這一切，都成爲辯論的中心，熱鬧的話題。熱鬧是熱鬧了，對每一個嚴肅而眞誠的創作者來說，恐怕是更爲寂寞的。

在花月與血淚之間，如何才能爲我們身處的時代做見證，更如何才能將個人的生命與現實的呼吸善加結合，這正是今天的創作者首須注意、關心的問題。我們期待的第三代文學應該是柔圓與勁健相混凝，爲天地立心爲生民立命的藝術結晶。果其然，則喧鬧囂嚷可以休矣，唯有眞生活與實創作，才可產生更多的李杜與施曹！

——六十六年十二月十一日「愛書人」雜誌

輻射或者探照

——不用輾轉反側

輻射或者探照，借用於文學，頗能代表創作者的心靈走向，尤其在作品中，創作者的思想理念及其生命觀，往往卽通過此兩者之一或混合運用而得以呈現。一般說來，爲求作品效果的明確，全心追逐某一特定焦點，將所有淘汰選擇過的素材，澄濁約繁，集中光源，探照於欲求表現的目標上，是較普遍、也容易討好的；至於創作者挾其博學深識以令字句辭章，如萬里長河，奔瀉而下，就一事件或理念，不憚其繁，每遇曲折，卽據以反映，而終能貫串脈絡，輻射爲繁而不亂之強力振撼者，可謂絕少。「博士賣驢，書卷三紙，不見驢字」，此譏下焉者畫虎不成之語。

站在讀者的立場上看，更是如此。欣賞精心調度，一字有一字作用，一語含一語功力之作品，雖恨其短少易竭，難尋餘味，然而水流花間，胸中澄明，追索作品探照之目標，遂覺日月嶄新；翻讀長篇累牘，輒見晨晴暮雨，江水九折，一事自一事原委，一景是一景氣色，雖枝歧節多，如能環扣聯鎖，只要靜心潔慮，便是雲散天青，可直入作者城府，規撫其庭深院廣；最怕作者方寸本無繩絲，而力不足以駕御，皇皇巨著，較之故事大全還難悅目，除了自嘆讀書不用心，愧對作者外，夫復何言？

然則，亦非凡文學作品之創作走向皆是涇渭二分。舊俄文學如今已成世界文學之一大瓌寶，檢視杜斯妥也夫斯基之作品，其精神實質大概都是輻射的，以罪與罰一書爲例，於再現人性的汚濁與崇高之餘，旁牽社會、法律與心理等多種專門知識，而其戛然探照之人性底層，遂能自此等旁枝雜節之蘊蔽中，更其鮮明地深入我們心底；屠格涅夫則較趨向探照，阿細亞一書不是其作品中最好的，但頗可借來說明屠氏之創作走向，全書篇幅不多，主題也只投注於愛情，之所以讀後令人心神廻盪，一如明月映雪，餘輝沁心，要在屠氏知所剔擇，雖致一而輻射千萬，眾流早歸大海了！

與此不同的是金瓶梅，歷來評述其書者，均目之以淫亂，唯我們如能細心考察，當會發現作者別有指圖，初不在飮食男女也。西門慶之淫惡，於水滸不過枝節，移入金瓶梅則主幹全書，蓋作者有心藉題發揮，旨在探究並針砭末世承平的底層社會架構及其型態。食色一事，無非借以涵括全豹罷了！作者意在輻射，而傾全力於探照，乃至一樹梨花，凌壓海棠，花月旣着淫聲，血淚終蒙塵泥，其可惜如此！相對的，是勞倫斯之查泰萊夫人的情人，該書旨在研析兩性關係，尤其精神與肉體之愛的契合，立意探照，亦確能一貫其創作走向，然則輻射力微，於兩性關係之社會背景及其因素的反省，用力較弱，性的描述乃竟削弱其作品之文學價值。至於該書之再三「受審」，猶其餘事。

袁枚詩話以爲：「作者自命爲大家，而轉使後人屏我於名家之外。」其說甚是。大家不嫌龐雜，取其可輻射四方；名家選字酌句，求其探照於專一。名家易達，只要有心苦練，勤學創作，而才力足以堪之，究非難事；大家則攀臻匪易，其所以龐雜，乃是博學深周所致，問題在於如無高才遠識輔之，最易流於麤拙，而爲名家不取。

然而欲爲名家，又非胸羅萬卷不可，「不從糟粕，安得精英」，剔擇選拔之功，致一專注之力，皆從讀書得來。如其才氣超詣，則爲文學前途計，更宜精思博習，「無萬里風，莫乘海船」，文學無終止之境，徒務探照，其生命亦將日形纖弱，卽便全貂滿座，殿堂不立，焉能見其華美富實？

過去一年內，文壇於「開放三十年代」、「鄉土文學」和「社會寫實主義」諸問題探究頗多，論辯亦不少，認眞檢討起來，其究議核心，乃在創作走向；而其走向之爭執，則落足於探照之目標。文學應該爲天地立心，在人文和倫理上求其溫柔敦厚；或者以爲生民立命爲職志，站在寫實與反映的立場上，「哀民生之多艱」？——對一個有慧心定見的創作者而言，應該不是輾轉反側的困擾，倒是加緊勤學創作，精思博習，以突破創作瓶頸，寫出擲地有聲的作品，才是首要之務。入於探照而出以輻射，値此新年初日，願與所有創作者共勉！

——六十七年一月一日「愛書人」雜誌

白雲深處有人家

——沿波討源，雖幽必顯

劉勰文心雕龍知音篇：「夫綴文者情動而辭發，見文者披文以入情。沿波討源，雖幽必顯。」用現代術語來解釋，姚一葦氏所謂：「欣賞必須建立在對藝術品的眞正的了解上，構成一種複雜的心靈作用與思維作用；低廻咀嚼，不釋於懷，最後與作者的心靈相通，體驗出作者所寄予的感情與意念，信守與抱負，亦卽作者所提示的境界。」（藝術的奧秘序）是更爲周延的。文學的創作與欣賞，原是一體之二用，前者借文字（或意象）表達情境，將個人的特殊經驗化爲普遍的經驗，求其刻畫入微；後者則循作品之流波，以探情境之本源，藉個人的經驗來演繹普遍的經驗，要能體貼入微。刻畫難，難於點睛；體貼尤難，難在察顏觀色，以意逆志，每謬誤不中也。但如能意會神通，則倍覺驚喜。驚者：遠上寒山石徑斜，白雲深處有人家；喜者：停車坐愛楓林晚，霜葉紅於二月花。

準此，文學欣賞卽是一種再創造，厨川白村謂之「共鳴的創作」（responsive creation）。當欣賞者面對一文學成品，並試圖沿波討源，通過文字假象，以把握生命顯象，賦予個人之思想感情時，該成品之藝術功用亦隨之擴大、加深。沒有一件文學成品可以脫離欣賞的參與而獨立自足，缺少欣賞者「遠上寒山石徑斜」的追溯過程與努力，則作品所賴以支柱的象徵（白雲）和主旨（人家）也是無益的、不成立的。因之，作品之是否爲欣賞者接受、或力足以欣賞，癥結不在乎晦澀或明朗，而在其是否具備傳達（communication）的可能性，亦卽「可鑑賞性」；然則更重要的是，欣賞者之是否具有「停車坐愛楓林晚」的藝術趣味和鑑賞能力，以體驗作品中主情（霜葉）和從景（二月花）的分野或鎔鑄。

就此立場來考察二十年來倍受「厚誣」的現代詩，卽不難看出，遠自「新詩閒話波瀾」迨至去夏之「陋巷風波」，所有現代詩的大小論爭，其實大抵只在傳達的範圍或程度上打轉。要求詩之明朗（所謂「可讀、可誦、可歌」）「必須回到大多數的讀者的耳邊來，才能恢復自己的生命」（四十八年十一月二十三日中央副刊「新詩閒話」），是屬於詩的傳達範圍大小；要求詩之可理解（所謂「用普通語寫普通事」）「寫平常之事，令平常人覺得熟悉，深入平常事裏層，令平常人有所見悟，見悟後有所激動」（六十六年七月十三日人間副刊「什麼才算中國現代詩」），是屬於詩的傳達程度深淺。——這種責備求全的誠心是可感的，問題在於重此輕彼，則衡量兩失。文學作品的可鑑賞性愈高，令常人有所見悟的可能誠然愈大；然則如不要求欣賞者的見悟能力相對提高，首先於藝術是破壞，其次於傳達是阻礙，終則於欣賞者自身是傷害。我們最須鞭策現代詩人的，是在其「白雲深處」（技巧象徵的運用）要眞「有人家」（主旨思想），至於「遠上寒山」（沿波討源）的探究過程與「石徑斜」（低廻咀嚼）的逆志工夫，則須靠欣賞者自己培養。

事實上，今天的欣賞者的文學品味能力和鑑賞態度是高強而嚴正的。晚近現代小說的崛起與暢銷，即可說明鑑賞能力與藝術趣味，是可以不因欣賞者個人之是否熟悉，作品之是否淺近或曖昧而降低的。我們喜愛白先勇、黃春明，着迷陳映眞、七等生，心折張系國、陳若曦，大概不只爲他們會說故事、造氣氛或寫心聲，而是我們在嘗試去接近體貼他們，低廻咀嚼、不釋於懷後，能够也體驗到他們所寄予的感情與意念、信守與抱負。我們坐愛楓林晚，是因爲強烈而深入地感覺到霜葉紅於二月花。而他們描寫的沒落貴族、鄉土人物、小市鎭的蒼白知識份子、游離怪異的社會人、海外高級華人以及共產社會下無辜的犧牲者，是不是平常之事，是不是令平常人覺得熟悉，是不是能涵蓋欣賞者普遍的趣味與經驗，恐怕不是頂重要的。

「世有伯樂，然後有千里馬。千里馬常有，而伯樂不常有。故雖有名馬，祇辱於奴隸人之手，駢死於槽櫪之間，不以千里稱也。」韓愈雜說所云，雖不盡可用來比附文學欣賞之功效，但欣賞者的鑑賞能力與苦心，對文學創作具有鞭策、褒揚與鼓勵之功則可斷言。中國現代詩的成長，其實驗容有失敗、採照容有偏頗，然而其對藝術的執着與追求，從來是嚴肅的。我們希望現代詩人能自覺反省，寫下時代的篇章，我們更希望欣賞者不懼「遠上寒山石徑斜」之苦，多多培養或擴充詩的鑑賞能力和趣味。畢竟「白雲深處有人家」，現代詩雖較隱幽含蓄，但沿波討源，仍是「雖幽必顯」的。

——六十七年三月一日「愛書人」雜誌

呈現以及提出

——借他們的眼睛

文學創作，除了美感經驗的呈現，最原始而重要的，恐怕是創作者自身「志之所之」的遠景吧！志，勉強可以謂之爲創作者就其面對或關心的對象，有所激動而感發的思想理念，或借意象爲間接的引喻，或循內容爲直截的反映。前者如詩，可以興觀羣怨，後者如小說，不失針砭褒諷，雖然形式不同，大體上都是創作者之思想理念的提出。一部對得起讀者的作品，一則可以呈現孤絕獨立的美感，來供我們娛樂鑑賞，一則更應該能夠提出深刻的情境，導引我們進入寬廣和諧的世界。

小說家言，誠然起於街譚巷議，其意義則不止於掌故秘辛。故事情節的舖張，氣氛懸宕之詭設，無非是一道具和背景，透過道具的應用和背景的襯托，作者所欲呈現的主題，與其所欲提出的遠景，遂能深入於我們心中。大約深契常情者教人讚歎，故違事理者令人驚訝，我們反覆思索，咀嚼回味，不僅感受其風華，多少也潛移默化了自己的形貌。文學創作之可貴，厥在於此。「借他們的眼睛給我們去觀賞」（Lend their eyes for us to see），文學創作者之可貴，亦在於此。

然則如同觀戲，當時激動，事後惘然。一般情節虛構的小說，或可滿足讀者的好奇於一時，卻無法同時滿足其參與感。我們雖可能因移情作用的產生，分享作品中的情趣，但是終不免還會站在旁觀者的立場，加以仔細考量分析。由於時間空間的異同，對於傳統小說的接受，就不如現代小說來得眞確而容易，對於外國小說的感動，亦就不像本國小說那樣容易體貼其親切，於是產生了一種以此時此地爲背景，經之以眞實事件或對象，緯之以文學技巧和手法的作品，一般稱之爲「報導文學」。

其實，自廣義上看，所有文學作品都不脫離報導文學的範疇。創作者「不平則鳴」，即使只是將單純的直覺，化爲整合的意象，而不考慮讀者能否接受，仍然缺少不了傳達的可能（即可鑑賞性）及其技巧的運用。畫竹，則竹的形態生命，透過想象直覺，仍然需要藉着紙墨筆法來言宣；而根據紙墨筆法的運作，欣賞者即可與創作者相溝通。這種行爲，即是傳達。所有可鑑賞的文學作品，都帶有傳達的可能。如依傳達的程度論，則小說是眾多文學形式中，較能引我們接近，進而喜愛的。（所以有人說：我國新文學中最有成就的，莫過於小說。此種說論，如端指傳達即可成立）；而狹義的報導文學，則尤較小說能令我們獲得參與的快感和契合的感動。

準此，報導文學與一般文學創作意義上之不同，即在於其傳達範圍寬廣深入，創作者不僅欲求將一眞實事件或對象呈現給讀者，也在有意無意間，提出了對於該事件或對象的遠景，來取得讀者的認可與參與。一般文學創作可以捨棄社會性，而報導文學則求其社會性的廣延。嚴格說來，這種態度屬於社會活動，但也正是一個身爲社會人的創作者爲自己生長的時空與土地，所不得不表達的關懷。不自居爲貴族，不存心摒棄周圍感動或刺激我們的社會現象，不拒絕大眾心靈與自身相契合，「以傳達人類至高至善的感情爲唯一目的」（托爾斯泰語）。這種人間愛的關懷與同情，並不減低作品的藝術性，而正是其彌足珍貴處。

同時，透過報導文學的媒介，一向自以爲熟悉的，常令讀者驚愕其絕冷的嶄新；往往漠視的，忽然會輝耀出光芒；而原來不認識且企求瞭解的，則平順親切地走入心中。就知識而論，報導文學大可彌補一般文學作品之不足。平常我們愛仰望星星，有人指給我們人間的燈光明滅，才會回頭驀見土地的可貴。重新釐定人際的和諧，鼓舞人類向上向善向陽的意志，以更大的包容和同情來對待人生的不幸，這些應是一部有價值的報導文學可以提出給我們的。

始於去夏而終於晚多的所有文學論爭，漸趨平靜下來了。在文學的殿堂中，我們不必忙着掛招牌，爭地盤。就文學的呈現以及提出來看，只有不斷創作與周納深思，才能讓我們的文學園地更爲壯潤、充實。將曾經或即將被遺忘的呈現出來，爲我們提出深刻的情境和寬廣的世界，報導文學的創作是值得鼓勵的。「在廢墟上重建華堂！」我們的文學界不是廢墟，但華堂未立則是事實。讀陳銘磻「部落・斯卡也答」，有感於報導文學的可貴與寬廣。謹抒愚見，期待我國文學殿堂的巍然聳立！

——六十七年三月十一日「愛書人」雜誌

還魂讀夢蝶

——路漫漫其修遠

「風高響作，月動影隨」。讀周夢蝶舊作重版「還魂草」，寂然罷卷而有此感懷，倒不全是詩人的悲苦，沉落在繁華的市衢、流動的人車裏，顯得十分震人心魄；也不是詩人獨坐的投影，閃爍在字裏行間，而更形幽黯、疾蹙、教人心疼；彷彿只是透過窗鏡，我們面對一個平常人，看他在燈影中生活着，那麼瞿瘦而無力，一轉瞬，卻竟是整個世界轟然灌頂而來。

那必須一個人先是一首完美的詩，淡而不乏味，凡而不低俗，能忍一切風霜雨露，向萬里無寸草處行腳；而在煩囂喧嘩中，也猶能劃清界地，固守孤寂，受世間至苦，秉方寸淨地，出入自得。方其發而為文，始句句皆詩，句句是全人格的煥發和迸耀。可以說是勁風，愈在高處而響嘯愈作；但更像明月，因為心內先有光，而後山川景物自不能不着其影痕。

所以，「每一隻蝴蝶，都是一朵花底鬼魂，回來尋訪它自己」，用張愛玲先生這句話，做為「還魂草」扉頁上的序詩，不論在涵蓋全書作品風格，或提攜詩人之精神動向，都是十分允當的。對於人生世間，雪白的死與火紅的生，賦予悲苦卻積極、冷澹而熱辣的輪廻詮釋，也許正是周夢蝶先生所欲架構的心靈世界吧！以一種冷靜自省的觀照，詩人透過純中國的文字和涵養，把握並且表達了他的生死觀，他對人世的慈悲和愛情。

這種冷靜的愛情不是逃避，而是理想之國的提出；看似不着此時此地人間煙火，卻可能是人類未來的精神殿堂；是孤獨的、寂寞的，但仍懷着溫慰其他心靈的大信在。「當你淚已散盡；當每一粒飛沙／齊蟬化爲白蓮。你將微笑着／看千百個你湧起來」，如此信望，正是與靈均「九死其未悔」，商隱「成灰淚始乾」一般莊嚴的執着，所謂「爲伊消得人憔悴，衣帶漸寬終不悔」是也。卽使詩人只面對自我，求索個人的生命方位，他追索時的愛、力和誠摯，也都會深刻地賦給我們理想和啟示，倒不見得世上詩文都要「合爲時而作」的。「桃花源記」也能震古爍今，非獨「長恨歌」爲然。

準此以讀「還魂草」，我們就不難瞭解詩人「啞然俯視，此身仍在塵外」的靜觀，也就不難體會詩人以宗敎的悲憫來對待一切人世的態度。生滅離合，都彷如一夢，所以「睡時一如醒時，碎時一如圓時」，人生之無常，是「再回頭已化爲飛灰了」，然則灰飛煙滅中又有「刹那卽永刧」的圓熟莊嚴，這種生的苦澀，死的瓜熟蒂落，乃是還魂再生的可能；而還魂再生，則要「向絕處斟酌自己」，要敢於「面對第一線金陽／面對枯葉般匍匐在你腳下的死亡與死亡」，「除非你能自你眼中／自愈陷愈深的昨日的你中／脫蛹而出。第二度的／一隻不爲睡眠所困的蝴蝶……」只有面對死亡，始有再生。貫串整部詩集的，就是這種生生死死、輪廻不滅的宗教哲思。人世也許是悲苦的，但肯定人世的態度則是積極的；而「想六十年後你自孤峰頂上坐起／看峰之下，之上之下之左右。／簇擁着一片燈海／每盞燈裏有你」，則是對未來欣然的擁抱，理想的揭櫫；而即使「悲哀在前路，正向我招手含笑／任一步一個悲哀鑄成我的前路／我仍須出發！」正好說明了詩人面對現實，窮索理想的冷毅。

透過了哲智，將感情的悲苦，加以錘鍊凝鑄；賦予熱愛，來圓通柔和哲思的嚴酷，這是詩人多年自我觀照的理想和履踐吧！「於雪中取火，且鑄火爲雪」，讀「還魂草」，我們看到一顆心靈常處在對立的兩極：雪與火，紅與黑，生與死……的不斷替代、糾葛、衝突中，如何嘗試去整合融通，在其間掙扎、蛻脫，在其間死生。從蛹到蝶，自蝶而花，這樣的「夢」，美麗之中蘊含有無盡的折磨和追索的悲苦，在悲苦後散發出智慧的光芒。像沙蚌吐珠，是先要含沙吐津的。周棄子先生序詩謂「太瘦貞憐苦作詩」，可見詩人追索歷程之不易，而此不易，大不同於苦吟詩人賈島的推敲，也自非杜子美的撚斷數莖鬚，那是生命在不斷投入、脫出中歷練的大悲，是情智在輾轉分化、交融裏煎熬的至苦，只有行到水窮處，才能坐看雲起時的。

屈原離騷：「路漫漫其修遠兮，吾將上下而求索。」讀畢「還魂草」，眞教我們面對了這種追索過程的堅毅執着。中國現代詩二十多年來的發展，正是由無數和周夢蝶先生一樣的詩人們忍受孤寂，付出愛與力的背景放映。每一隻蝴蝶，都是花的鬼魂……他們傳遞着花種，讓種籽四處飛播，「只要它（種籽）一天不死，它就隨時有抽芽開花結果的可能。不管它在雪叢下埋得怎樣久，怎樣深。」對中國現代詩的前途，我們有周夢蝶先生一般的信望。

——六十七年六月十一日「愛書人」雜誌

抄襲・模仿・突破

——「格爾尼卡」的錯覺

藝術創作是自由的，也是嚴酷的。唯其自由，乃容許創作者隨其「志之所之」，以才力、靈視和情趣，呈現所欲求表達的境界，「遊戲」於廣濶的天地；唯其嚴酷，故亦每每逼使創作者「寓駁雜於整一」（Variety in unity）通過多元的試探與省思後，戛然走出獨標的新路。

然則，自由，更可能反是限制，創作者恣才肆意，在無垠的天地中「遊戲」，難免不迷亂於繽紛錯雜的景象，雖大塊文章，逼取可得，每易流於剔擇無度，以致徒事表象之模倣，而生意頓失，淪爲自然的附庸，限制了個人藝術創作的潛力發展與可能成就；後者之嚴酷，卽使常令創作者面對無數衝突對立而生苦悶，倒能因爲不盡的錘擊冶鍊，而啟示自覺，來突破困境，以鬼斧神工重造自然，再創藝術的秩序。

因此藝術雖大抵從模倣來，但絕不等於模倣；雖多隨遊戲以繼之，也絕不止於遊戲。只有不斷汰舊更新，從表象的模倣化育爲精神的呈現，如蛹之蛻爲蝴蝶，始能跳脫舊繭；只有持續衝刺突破，將浮淺的遊戲鍍度爲生命的提出，像花之吐放新蕊，方可展示華姿。如果停滯不前，游移徬徨在模倣和遊戲的窠臼裏，而未能貫注以個人的眞生命、眞情感，反映以羣體的眞精神、眞面貌，則如此「創作」，嚴格說來，不是偸懶，卽爲撒謊。而偸懶與撒謊，常是藝術的墮落，眞善與美的錯覺。

最近在歷史博物館「藝專教授聯展」中，吳炫三的油畫「作品」，因涉嫌抄襲畢卡索的「格爾尼卡」，而引起論辯，卽是一個值得我們借鑑的例子。純就作品畫藝的嚴肅批評，可以交由畫界人士探討，可惜冷靜分析日來爭辯所在，似乎只徒然在「抄襲呢？創作呢？」當中「呢呢糾纏」，一如前此對另一畫家謝孝德的「禮品」那樣，在色情和藝術間「乎乎議論」，則新聞價值消失後，除了事件不了了之，對於畫界的改革與澄清，恐怕也還是不了了之了！

尤其是，如果新聞報導屬實，在此次論辯中，畫界糾葛在抄襲和模倣的是非裏，對於如何突破中國現代畫困境的問題反而疏略不談，最令人搖頭扼腕——因爲只有從事突破，也就是再創中國畫壇的新路，才是應該且必須關心的。抄襲模倣的墮落或者悲哀，只是創作者個人生命的衰竭、信心的隳失，在健康而富活力的藝壇中，終會自然淘汰；但是當整個藝壇可能因某件作品的抄襲或模倣，而受污染，以致必須「鄭重」組織所謂「清除藝壇污染俱樂部」時，該檢討的就不是藝壇的污染，乃是易受污染的藝壇了。

「格爾尼卡」，做爲畢卡索的名作，在技巧上自有其獨到筆力，然則構成其偉大感人者，當不在畫藝的巧拙，而是透過畫面上構圖的驚悸、氣氛的蒼惶，所表達出來抗議戰爭、渴望和平的悲憫，深契當時西班牙的民旅情感和精神，並且扣住了古往今來人類的生存慾望和生命理想。藝術從來是從探照某一節點出發，裕以創作者之才賦和胸懷，而後始可能幅射爲人類瓌寶的。藝術無國界，也皆從其幅射的光芒上見諸，但是在節點上，則藝術不僅受國界和族性之範疇，而且必從「爲我自己而藝術」(Art for my own Sake) 來。

抄襲和模倣，當然都不是「爲我自己而藝術」，卻常被偷懶和撒謊拿來做口實，而致產生了藝術創作自由的錯覺。以此次辯爭看，正方以爲「祖父講的故事可以換一個方式講給孩子聽，要不「現代人寫王羲之的字都可以說是抄襲」，正是十分勉強的論證，傳述故事和臨摹習字都很正確，問題在於傳述和臨摹都不是創造，而藝術須自創造和突破來；至於反方的論見，如果只在「國家畫廊是有榮譽性的，不應有違反規定的例子」上膠着，則已屬是非論爭，而藝術只有眞僞。倒是西班牙莫廸度畫廊展覽主任安德瑞斯的話較爲中肯：「後代人臨摹名畫不足爲奇，但如何利用自己的方式，改變爲創作，才是本領。」但願爭辯雙方，在口沫橫飛之餘，三復斯言！

由此次「格爾尼卡」的「錯覺」，我們不得不爲中國現代畫壇揑一把冷汗。事件本身是微小的，但是從事件衍發出來的觀念和態度卻頗爲重要。相信國內的畫家們絕不願自甘於作品之淪爲附庸，而除了作畫與賣畫外，大多數具有尊嚴的創作者必然也在嘔心瀝血，面對困境，從事突破，以求建立自我。

但是在關心和責備求全的心情下，我們仍然期盼：所有現代畫家都能從抄襲和模倣的格局中跳脫出來，將眼光放在更長遠、更必需的創造上，重新審度反思，面對現代中國的情感和精神，標舉出特殊的風貌，釐定卓然獨立的方位來！

明末畫壇奇傑石濤題山水畫册有云：「師古人之跡而不師古人之心，宜其不能一出頭地也。寃哉！」這句話對部份「師西人之跡而不師西人之心」的現代畫家同樣是當頭棒喝。藝術創作與抄襲或模倣乃是涇渭兩分，非楊卽朱，不容混淆。「格爾尼卡」永遠無法複製，只有破除錯覺，汰舊更新，衝刺突破，才是中國現代藝術唯一的新路。

——六十七年七月廿一日「愛書人」雜誌

經驗・懸想與小說

——現實不必馬上成爲過去

做爲小說的主要材料或內容，經驗無疑是重要的，不只在於經驗的豐寡，常影響作品層面的寬仄，同時也由於作品主題的幽顯，每視經驗之深淺來決定。一如葉之於花樹，黃枯萎落時潤肥着花樹立足的土地，新鮮淸綠時則蘊蔚烘托了秀美精實的花果；但是做爲花或果實，亦卽所以貫串作品脈絡，標示創作者美學的或道德的思想理念，對小說來說，懸想應該更值得推重，在滿林綠葉中，懸想的疏密雅俗，最易比較各種花樹的高下異同，且爲玄黃天地吐放眞善與美、新人耳目的冠瓣。

徒事懸想，捨棄羣體和個人生命經驗的創作，當然不能名之爲小說，所謂「小說乃人生之縮影」，其言雖粗括籠統，卻頗可傳播小說的形貌，的確是由經驗的線條所勾勒出來；然則勾勒可以傳神，也容易類犬，如果專恃經驗，以爲「過橋多於行路」卽可寫出傑出的作品，菲薄懸想，錯認「過去是割捨不掉的」而屈膝於經驗的統攝，捨唾現實。其下焉者必僅爲「雜碎」，其中稍似「說書」，其上焉者恐怕最多也只能是「憶舊的文學」吧。

文學而爲「憶舊」，雖不至悲哀，至少令人覺得缺憾。對一位嚴肅認眞的創作者而言，勿論其使用材料爲舊事爲新聞，其技巧筆觸爲寫實爲象徵甚或爲意識流，無非是借以演出的道具和假象。寫得好壞是一回事，要緊的是，透過假象和道具，他指示的所在，是墳墓還是鐘聲？是割捨不去的贅瘤，或者懸檠在前、令人載欣載奔飢渴慕想的遠景？——眞正的小說家可能常受其自身或羣體經驗的感憾，眞正的小說作品則須拿「明天和希望」的懸想來教人刻骨銘心。

紅樓夢之傑出，與其說從曹霑的人生閱歷來，不如說是由其對現實痛定思痛的覺悟起。曹雪芹的傳奇身世和其「廢館頹樓夢舊家」的潦倒生涯，對小說藝術的高下成敗，只是或然而非必然。古往今來有類似遭遇和經驗者夥矣，所以只出紅樓夢一書者，其實應是藉着賈府人物的興亡盛衰和寶玉的「情路歷程」，創作者適切地提出了他的出世觀，表達了他面對人世的悲感與無奈，而且正就觸及了人類恒久的難題，要讓讀者低徊神思，對現實有所感悟。故事最不可缺少經驗，但不能遽稱爲小說，其原因卽在，懸想之付諸闕如也。

以作者個人身世經驗感懷而發的小說如此，在作者面對羣體經驗後發憤而書的作品又如何呢？托爾斯泰寫戰爭與和平，時間去執筆垂六十年，事件（卽拿破崙一八一二年進軍莫斯科）又雅非彼所專擅（托翁對戰爭場面與戰略原理之描寫並不到家），勉強必欲以羣體經驗的「可貴」附之，不無「畫餅」之嫌。如同三國演義，戰爭與和平的確展示了甚佳的歷史小說形貌，然而曹劉的爭霸和拿破崙的事功，與歷史之「經驗」是可以不吻合的，就小說本不足爲疵，就人類過去的經驗則何可貴之有？——可貴的是，通過了作者的懸想，政治、戰爭或人類的其他活動層面被理智地剝開，代代讀者從而可以因此面對現實的眞善眞惡，去追索反省當代之困境，去期待創造未來的黎明。

眞正可貴的「經驗」會告訴我們：經驗並不重演，而且一去不回；重演的是現實，而且循環不已。小說家的責任，不是推重「可遇不可求」的經驗，乃是要面對「寤寐思之，輾轉反側」的現實；小說創作的目標，不是複述經驗，而是追求懸想之精準。狄福寫魯濱遜漂流記，結構簡單，情節虛構，而能家傳戶曉，深植人心，感動人的可能是魯濱遜傳奇的島居經驗；震撼我們的則在人同絕境抗鬬的意志和光輝。狄福沒有也無需有此經驗，魯濱遜的生活是否眞有其人其事，不是小說考慮的，浩海孤舟，獨對驚濤駭浪；羣獸單人，自闢洞天福地。這種文學中常見的「置之死地而後生」，將書中人物置於絕境，以觀察其行動、刻劃其心靈的懸想，最易暗示人類和現實之間，長久的對抗與超越，而呈現一嶄新世界，提出一眞特精神。

像是以「等待和希望」來對抗現實的基度山恩仇記，用「卽將到來的明天」去超越現實的約翰克利斯朶夫，一切傑出的文學，並不因循於經驗，而常是由於不滿於經驗的零碎分歧，重新加以整合塑造，同時裕以對現實「愛恨交加」的諷喻，對未來「求之不得」的懸想，方得以睥睨人世，凌邁時空的。最精準的憶舊，仍無法構成文學的傑出；最深刻的懸想，才是文學之可貴。徒見綠葉，不足以語花果。文學創作如果只從過去的經驗寫，最多是消極的憶舊，而透過懸想，透過對現實的諷喩和責備，來鼓舞人類向上向善的生存意志和生命價値，正是積極的創造。

現實不必馬上成爲過去。樹葉凋零萎落了，自有新生的一代抽芽發萌開來；凋落的黃葉常掩覆土地，而土地也自會存菁去蕪，潛吸默收，等待花果的孕孳吐放。文學創作也是如此，不但要往現實的土地紮根，同時應向明日的天空結育花果。我們與其感懷葉落，不如笑待新葉抽芽，與其期待新芽，又不如仰望那蘊蔚成熟的花果。在現實中反復生息的經驗容其有新舊等差，在現實的循環裏交替的懸想則恒是指向美麗的未來。而傑出的文學作品，尤其靠泊現實最近的小說，卽在懸想的輪廻不滅中，賦予我們信望和愛。不管小說經驗的新舊，文學的現實恒是一融貫往來、溝通古今的現在式。此卽「文學的眞」。

——六十七年八月廿一日「愛書人」雜誌

翻播新糧

——與其揠苗不如重新播種

三十年來臺灣新文學的發展，副刊無疑佔有舉足輕重的地位。就作家的栽培養成、作品的釐定考量和文學思潮的沖激革變言之，則副刊尤其發揮了「淑氣催黃鳥，晴光轉綠蘋」的促生功能。從早期引進戰後本土作家，穩定來臺前行作家，到近來之大力發掘新生代，並將觸鬚伸展到廣大的社會階層裏，副刊的面貌可謂風華多姿，遞變萬千，而仔細考究，其實質精神是頗爲一致的——在文學裏層遞，自文學中變化，而其終結也歸注到文學裏。

這是一種傳統，也是我國報紙的一大特色。尤其在報紙逐漸疲乏於「重演新聞」的今天，副刊已成爲一塊令讀者稍感耳目一新的淨土。文學者的心靈，透過編輯者剔擇安排後，每天爲我們提出一個新景觀和新世界，也許強烈慓悍，也許溫柔低徊，總教我們不禁爲之神往感喟。

然而，以文學爲骨幹的這種傳播行爲，首先不可忽視其普及性及親切性。「不隔始能出入」，對今天的讀者來說，應該是最實在的感受和要求了。熟悉且親切的、或者陌生而新奇的，以及對求知有益的，乃成爲讀者是否將副刊「引爲知己」的衡量條件。面對着廣大讀者的愛憎，和報業間激烈的競爭，副刋本身也就不得不做相對的步伐調整或探測。

於是而有「新型副刋」的提出和討論。其實這個觀念早已融匯於近年來大報的副刋裏。常閱副刋的朋友不難看出，從版面之規劃突破，到各類專欄的籌擘構想，以至於各種不同型態的訪問、討論和辯駁之提供或「製造」，皆是大異早昔的新氣象。沒有一個時期的副刋表現得如此活潑而富彈性，又繁富得令人目眩神迷了。我們常會擊節於某副刋一夜間製造出愼思熟慮、影響深遠的「花招」，有時又難免要扼腕於某策劃「齒衰髮落」的草率和衝動——副刋正在求變，但變得有些離異徬徨，令關心她的人也有些「寢食難安」了。

事實上這也是今日副刋矛盾所在，旣要保持其「文學傳統」於不墜，又要照顧其「社會需要」於至廣。兩者相互糾結牽扯，乃就使副刋編者最少要面對以下的難題：㈠如何以更高的水準來安撫作家們的抱怨或不悅，㈡如何以更廣的層面滿足讀者羣的好奇和需要，尤其困難，但關係到副刋生命的是，㈢如何在提昇文學和關照現實的強力壓縮中，翻播新糧，犂拓出根深實茂的景觀來。

針觀目前副刋之變，論者以爲，「副刋內容變化最重要的一個因素，是副刋新聞性的加強」，所以「主動創造新聞」乃是新型副刋的一個主要「點子」。就社會教育或需要，自是至論，以讀者所好投諸，可以說是目前副刋暫時的趨勢。但現象是變動的，如遽持以衡斷，恐怕失之不智，我們應該冷靜下來，社會教育的功能，是不是需要副刋來全力擔當呢？讀者的好奇、需求常是「

永無寧日」，又是不是一張副刊所能滿足呢？

答案恐怕是否定的。如果我們心目中的新型副刊眞從新聞性（譬如就青少年問題或其他社會問題）着眼，且獲得極佳效果，終其極也還只能是正版新聞的注釋或漏網新聞的補充罷了，而這原可交由相關雜誌去承擔的，實在無需另立「名目」來越俎代庖；如果新型副刊還是無法滿足讀者的好奇和需求（這是十分必然的，套句話說，「邊際效用」的遞減），則又何苦「碌碌終日」，以文學爲手段，揠其苗而助「新聞性」之長呢？

較理想的新型副刊，最好還是要能落足在提昇文學和關照現實之上。我們不希望今天所有副刊的努力成爲舊酒新瓶的「雜誌」，我們希望：在追求副刊「獨立自足」的鵠的下，以關照現實爲內容，以提昇文學爲目標的新型副刊之眞正誕生。據此爲標準，則副刊編輯將較從業記者更須具備專業學能和專業精神，一方面要能博學多識，獨具「剔擇選拔」的慧眼，一方面更要能專一精進，不失「巧構妙思」的巨斧，在分工合作，在有限的篇幅裏提供廣濶的視境。思想家的冷酷明快和藝術家的熱情執着，將使一個編輯羣手下的副刊成爲文學的園圃、現實的鏡鑑，並且脫除正刊的後遺或陰影，自呈獨特且引人注目的「新聞價値」。

從內容看來，也只有站在本身俱足的立場上發揮，才是新型副刊的正理。副刊之先天限制，使其無法眞正成爲純文學蔚繁的土地，然則轉換方位或更易面貌，仍可使文學的種籽易於滋生拓延；副刊的後天條件，也不適合做社會教育的講壇，可是調整鏡頭和灌注愛心，會使現實的燈火更形壯濶。只要能就本身限制之缺失去改造，就本身條件之不足去轉位，則卽使眞以「新聞性」爲其主調，也才不會是新聞的附庸。

翻播新糧的確不易，這樣的新型副刋在技術上仍需多所斟酌與試探，但不怕陳義過高，只怕我們懶怠或無心。追求潮流，亦步亦趨，十分簡單，但是對副刋本身來說，不僅格調盡失，而且是不道德的。如其只爲銷路好壞，不問影響良窳，一味競逐，以至「舉副刋交征利」，則於我國副刋之傳統特色爲一斲喪，於文學是揠苗助長，於社會傳播或社教功能亦將適得其反。與其如此，我們寧希望有識的副刋編輯人多費點心血重新播種，自闢新路，卓然標舉出獨特的旗幟來，不爲時勢所刼，廣大的讀者將喜見這種「因循傳統」的清潔和孤芳自賞。

——六十七年十月一日「愛書人」雜誌

始於查甫二字

——有爲者當如是

「比年以來，我臺人士輒唱鄉土文學，且有臺灣語改造之議，此余平素之計畫也。」聽來熟悉的這句話，出自臺灣名儒連橫之「雅言」，而其主要源起卽是自民國十八年始，臺灣新文學界掀起的「鄉土文學」與「臺灣話文」運動。依據陳少庭「臺灣新文學運動簡史」（聯經版）一書，「在那時候，談鄉土文學，是結合臺灣語一起談的」，可粗略得知，日本治下的臺灣文壇，提出鄉土文學，乃是從民族生存與文化歸屬上着眼，其爲鄉土文學自無疑問，其出發點和用心則値得五十年後的我們，在「鄉土鬧熱」之餘，冷靜地加以思考。

抛開偏狹的地域觀念，中國各地方言之多，不可勝數。臺灣話嚴格界定起來，只是閩南語系的一支（餘另有福建省內厦門、泉州、漳州、興化、同安，廣東省內潮州、海南、三鄉等地區。臺灣方言是由厦、泉、漳三地方言融合而成），在今天國語之使用已甚普遍之際，特別予以提倡，或有人以爲毫無必要，唯自語言之漸替與革上看，目前社會上「國臺夾雜」「雙轡並御」而無悖之事實，亦是無可否認，如何以長遠的眼光、周密的準備來統籌計劃並整建之，消極上可免因語言隔閡而生之地域偏差，積極上更於未來國族語言之整理融合有益。而就此時此地之文學創作言，則臺灣話的影響既屬無可避免，其傳達可能亦因母語的喚醒而較易受一般讀者喜愛，加上文學語言有僵化之必然性，乃更使臺灣話具有「文學新生地」之價值，如何善加運用，規劃導引，藉富文學命脈，是有志之文學工作者應面對的課題。

如所週知，語言文字者，文學之媒介，也是構成文學個性的最初基點。所謂言爲心聲，使用語言文字之異同，往往決定文學風格之殊妙，故國有國風，即一作者亦每獨具文格，所以別屬也。外國不論，姑以我國南方文學之祖「離騷」言，其中鬼神雜出，固彼時楚地多沼澤莽原，出鬼神以狀瘴癘；而尤其足爲異彩者，厥在方言之用，所謂「靈脩」「蕙茝」「杜衡」等，非楚不可有，其代爲心聲，亦非三閭大夫莫能抒之。另如史記陳涉世家，以「夥頤涉之爲王，沉沉」句，用狀鄉人驚訝羨慕之情，最能傳神。夥，楚方言，多也；沉沉，亦楚方言，宮室深邃貌。此等氣派與情調，即是善用方言之佳例。正不必以方言俚俗、偏奧或隔閡非之，而致自限門垣，自絕新地也。

然而，做爲方言一支的臺灣閩南語，襲用久矣，其中雅俗並存，有可字寫有獨存音者，不特別注意，每多錯誤，如狀男子英俊謂之「煙斗」，音只強近，而意違之，最易見笑大方（見亦玄「臺語溯源」緣投篇，時報版）。另如器物墜地而不破，事情垂敗而終成，謂之「佳哉」，苟不明瞭其緣起，拈耳搔髮亦不可得，一經引註，便覺日月嶄新。即以雅堂先生晚年未定稿「臺灣語典」（中華版）所錄，臺語之中，有「不廢中原」者，如「闌珊」之猶言零碎；有「漸襲番俗」者，如「牽手」之衍爲妻子；有「古讀轉音」者，如「䙡𥻝」轉從「請裁」之爲隨意；有「正音訛讀」者，如「家治」訛自「咱的」之爲自己等等。攏攏總總，不一而足。考據釐定甚難，除牽涉文字、音韻、語言外，旁須及經史、民俗等相關學養；而澄濁約繁之工夫亦大不易，非有深情、定力與慧心不可。但是就國族語言之融合而言，這工作是應當做的，而爲文學語言之增衍富足及其特性之普受欣賞，則尤其不能不費心血以赴。「詩人之直接義務是對其語言，首先加以保持，繼之予以擴充和改良。」艾略特此言，甚値國內關心或反對方言者深思，非獨詩人爲然。

連橫雅言自述：「余之研究臺灣語，始於查甫二字，臺人謂男子曰查甫，呼查埔。」說文：甫爲男子美稱。錢大昕恆言錄，謂古無輕唇音，讀甫爲圃；章太炎新方言，謂從甫之字，古音皆讀鋪或若逋。查，此也，爲者之轉音，者個卽此個。「所謂查甫，猶言此男子也。」以此等精神來整建臺語，可見前賢風範。又於「臺語整理之責任」（發表於民十八臺灣民報二八九期）文中自謂渠之刻印「臺灣語典」：「雖不足以資貢獻，苟從此而整理之，民族精神賴以不墜，則此書也，其猶玉山之一雲，甲溪之一水也歟？」可知前賢抱負。與雅堂先生幾乎同時，在北大籌設「語言音律實驗室」的詩人兼語音學博士劉半農，也正研究著我國各地方言，「民十八，北大的『語言音律實驗室』才完全佈置就緒，可以利用儀器，測量出語言的浪紋曲線，劉先生也就憑藉這些儀器……寫出……『調查中國方音用標音符號法』、『北平方言析數表』等專書。劉先生的抱負是很大的，他打算……要把中國各地方的語言裏的聲調完全用儀器測量出來，寫成一部『四聲新譜』……他還打算調查全國的方言，著成一部『方言字典』……編成一套『中國方言地圖』……成立一個大規模的『錄音庫』。」（據方師鐸「記劉半農先生」文），可惜，連橫二十二年移居上海後，中止其臺語整理工作，劉半農則於次年赴綏遠、山西等地調查方言後病逝，兩人似未曾謀面相識；而尤足惜者，恨不見替人耳。

茲當「鄉土文學」爭辯方休之際，我們痛定思痛，不難看出，此次論戰論則論矣，似乎只徒託空言，未能提出創見，願獻芻蕘，甚盼有志有識者，從而正視臺語之價值，加以整建規擘。考據釐定，以擴我國族語言；澄濁約繁，用富我文學命脈。則此次論辯當不致但為「史料」，亦不致愧對百世子孫也。所謂始於查甫二字，有為者當如是。

——六十七年二月十三日高雄小港

平理若岳•照辭如鏡

——無私輕重，不偏愛憎

劉彥和「文心雕龍——知音第四十八」一起首就說：「知音其難哉！音實難知，知實難逢，逢其知音，千載其一乎？」就現代詩三十年來的發展看，這句話無疑是深與現代詩的坎坷路途相契的，尤其自民國四十五年紀弦揭櫫「現代詩宣言」起，誤解紛紜，殺伐時起，小規模的論辯不說，光以詩壇內外的論爭而言，就歷經了「新詩六原則之爭」（四十六年）、「新詩閑話波瀾」（四十八年）、「虛無與天狼星」（五十年）、「晦澀與明朗」（五十一年）、「困境的辯白」（六十一年）、「唐文標事件」（六十二年）與「內湖與鄉土」（六十六年）等七大「事變」，理未易明而辭多瞀亂，音既不知，知亦難逢，也就無怪乎一般讀者「敬而遠之」「遠而不知」了！

然則卽使是在如此乖違崎嶇的路途上，現代詩的發展雖然看似緩慢，卻也在緩慢中紮下了根基，前行代從辯爭與創作間不斷修正、成熟，新的一輩則在反省和前瞻中努力吸收、創造，兩者的功勞皆不可偏廢，他們同時指出了中國現代詩的成果和遠景！前行代的成果也許就在於做爲奠基，他們節省了後來者的摸索和試驗，並以作品的廣度提供了現代詩成長的草原；新的一輩之遠景，則在於他們幸而有了可以規撫的「前景」，在營養不虞匱乏下，加速了創造的可能和建設的肯定。

此可以從現代詩三十年來發展的趨勢窺知：一、現代詩已從早期的平白淺淡，通過虛無晦澀之反動，而趨於詩與自然的結合，在現實和民族的脈動裏就其方位；二、現代詩已從早期的粗糙狹隘，通過扭曲跳躍之反動，而進入精準緜密的結構；三、現代詩已從往昔的時間詠歎，通過對空間的處理掌握後，進而至於時空交叠的多重表現。所以，就其語言處理而言，無疑更能鑄舊翻新，就其題材擇取而言，也就更爲恢宏博大。凡此正足以說明現代詩發展中，所有曾參與創作之詩人的努力。

相對於創作，詩評人亦不沒其功。他們或從正面之建設做鼓勵，或從反面之批判做刺激，在在都是推動現代詩的一大助力。除前述之論爭，詩評人以諍友之面目出之外，其爲良友，可見於歷年之編選，諸如「現代文學大系詩」「六十年代詩選」……以迄於各類取向之詩選，雖非批評，亦於編選之際呈現了現代詩的取擇和路向，其意義頗有特殊價值。可惜的是，除了批評之提出和選集的呈現外，一部具有嚴正批評而同時兼具選輯介讀的專著一直未見出現！

而這雖非現代詩之不幸，最少也是現代詩的遺憾。如何而能通過選輯的方式，將中國現代詩三十年發展做一縱的聯緜？如何而能通過批評的眼光，賦中國現代詩的現狀以橫的針砭？應該是詩評人義不容辭的責任，而爲詩人所欣慰，讀者而所樂讀吧！

由比較文學博士張漢良和國文研究所碩士蕭蕭兩人合力編選評註的「現代詩導讀」，正好塡補了這個「缺憾」。張漢良說：『針對目前詩選集的兩個現象——時間的限制與缺乏閱讀方法——我們特別編著這一套「現代詩導讀」。』又說：『這種作法有一積極意義：希望本書的讀者能透過各種傳統的、現代的、本土的、外來的工具，熟習現代詩的各種體製，擁有詩人的一本字典。』（見「現代詩導讀序」）蕭蕭也說：『張漢良長於理性的分析，我則多做感性的描繪，而這種相異處，正是當初我們相約析釋現代詩，整理有關論文史料的最主要原因，我們希望提供讀者對於現代詩全面性的充分了解。』（見同書後記）以如此態度，針對三十年的現代詩發展，來從事衡鑑工作，頗可見出他們的苦心孤詣。

「現代詩導讀」一套五册，除「理論、史料篇」和「批評篇」外，餘三册爲「導讀篇」，計收輯自紀弦、覃子豪以降的一百一十七家詩人，一百九十一首代表性的或傑出的作品，「每首作品之後，附短評一則。如果某位詩人有兩首以上入選，評論文字則分別由中文系與外文系出身的編者執筆，以避免衡鑑時的偏頗。第一首的評論着眼於該詩人大體風格的描述，第二首的評論則專注於技巧本身的探討。」（見序）以使讀者能規摹詩人創作之心態，並能瞭悟現代詩創作之門徑。其評理處自有線紋可循，而其照辭處，則亦非鏡鑑莫辨，正是做爲導引閱讀的最佳範本。

張漢良之評鑑大抵偏重於創作理路的追溯，以語言分析、旨意投射、文類區別等方式交互運用，求取詩作本身的挖掘或闡發，蕭蕭之品類則側重於意述評論、章句闡述、心理勾勒等方式之描繪，以彰明作品的內延和深意，兩人相互配合，足供讀者參考，並能幫助對現代詩全貌的了解。而此一理性的「無私於輕重」和感性的「不偏於憎愛」，乃使「現代詩導讀」異於且優於其他各類詩選集，並使現代詩人憂心力創的作品得以在彷若山岳之櫛比鱗次中各現生機，在一如鏡鑑的光照反射裏回其本原。此為現代詩導讀之最大優點。

就選錄的理論、史料和批評來看，三十年來的重要詩論，大體包羅，而其重點則在「注意論評者的特殊見解，同時照應詩的全面性認識」(見後記)，而各重要詩社之述評，當可以讓讀者瞭解歷年來做為中國現代詩之重要據點的詩社及其精神所在；在批評文章方面，以重要詩人為點，試圖勾勒形貌，然則限於部份重要詩人而缺完善論評，只能以部分觀察全景，未始不是瑕疵。瑕疵雖在，猶待努力，就整體來看，大概已是目前能見之較完善的論評選輯了。

縱觀全書五冊，前後條貫，無疑是初學者認識現代詩的最佳讀本。讀其書而後知其人，譏譽一時，但詩心千秋，臺灣三十年來詩之論爭不休，而創作者一仍戮力不懈，從現代詩導讀可知，詩之難懂，端在詩人與讀者所用「語言」之不同，而詩之易懂，又在讀者與詩人之交心不渝，互為指通也。

「無私於輕重，不偏於愛憎，然後能平理若岳，照辭如鏡矣。」文心雕龍知音篇所說，應該也是「現代詩導讀」的「知音」之見吧！

——六十九年三月十日「北市青年」一三〇期

從撒播種籽到期待花開

——貢獻這一代的經驗

一

中國新詩運動如從民國九年三月胡適出版「嘗試集」算起，已有六十年光景；現代詩的發軔，則自民國四十二月紀弦創刊「現代詩」，越三年後成立「現代派」迄今，也已垂三十年。六十年來，中國新詩發展的過程並不順利，荊棘遍野而風雨不絕，在反對的聲浪和誤解的雲翳中，所有詩人的努力和試探乃就更形可貴，而詩人們愈挫愈奮，其志彌堅的精神，則尤其值得敬佩。

以現代詩在臺灣發軔爲其中間點，前三十年可說是中國新詩的播種期，後三十年則無疑是中國新詩的成長期。粗淺來看：播種期間，從胡適的「嘗試」，到徐志摩、聞一多、朱湘等組成「新月」的格律追求，而李金髮、戴望舒等人的引進法國「象徵派」創作手法，以至於四〇年代因戰亂，而終告詩之式微，所有詩人的努力和墾拓，大抵表現於內容的擴展和形式的追求上；而在成長期間，自紀弦創刊「現代詩」，次年覃子豪等推出「藍星詩刊」、張默、洛夫、瘂弦三人成立「創世紀」詩社，以迄於今，三十年來現代詩人所慘澹經營的，不外美學觀念的提出、技巧語言的實驗以及詩的整建問題。而此三十年間，不斷爆出的爭辯與論戰，從今天的眼光來看，無寧是現代詩成長期間必然的現象。論戰的頻仍，一方面刺激了詩人的自我檢束和調整步伐，一方面也加速了詩的成長——新人輩出，及對詩的肯定與更爲眞摯的追求。

但是，塵埃雖已落定，年輕一輩對詩的追求則猶感迷惑，如何把握時機，掃清塵埃，理出詩的脈絡和面貌；如何疏流濬河，引導下一代來瞭解詩的內涵和精神；又如何澄濁約繁，鼓勵年輕的新人投入詩的創作行列中——應屬今天詩壇的首要任務。而對積漸已久的誤會，默默做呈現眞貌的工作；瞻望即將來到的後浪，努力爲導引舖陳的溝通，相信乃是所有詩人共同的心願、一致的目標吧！賡續前人撒播種籽的精神，秉持於這一代摸索成長的經驗，貢獻心血，以期待下一代的粲然花開！

二

「中學白話詩選」由於其對象爲「十二歲至二十歲的青少年」，故所選詩作應以題旨明晰、意理可感、富於想像爲主；由於試圖理清新詩脈絡，故選輯作品遂依中國新詩發展源流，自胡適、徐志摩一脈下來廿六人逐家介紹；由於要引導青少年瞭解新詩之內涵與精神，故須「在解說中告訴他們如何欣賞一首詩的意象、擬喻、象徵、張力」；又為鼓勵年輕人寫詩，乃又應於解說中「指引他們從欣賞走向創作」。而其總目標在於「務期青少年朋友從廿六家重要詩人的作品中，了解詩是什麼，了解欣賞的奧秘，進而成為青年朋友習作的引導，讓年輕人的想像得以盡情發揮，遣詞用字知道鍛冶，以補中學十二冊國文課本的不足，宏揚中國傳統詩教之功」（引皆見該書蕭蕭序「中學詩教的再奠基」）。其立意深遠，而其用心則十分令人感佩。

全書除序及選輯廿六家詩人簡介、作品註釋和解說外，並附錄有「國中國文教科書五首白話詩解說」，解說詳盡，談理深入，並能針對每位詩人風格異同與每篇詩作之技巧運用，加以析譬，足見解說人蕭蕭的功力一斑。

大抵蕭蕭所評者為新詩運動播種期的詩人，及成長期部份重要詩人；楊子潤所評者則為成長期之重要詩人，及部份年輕詩人。分工尚稱切合選評人所長，並能照顧到新詩發展情況之聯貫。蕭蕭長於運用多種解詩方式，配合詩理論，交錯為之，頗能引導讀者在賞詩之餘，同時了解詩的創作技巧；楊子潤則藉傳統詩之欣賞方法，配合以現代修辭學的闡述，相互印證，也能使讀者對詩得有完整的印象和掌握，從而對詩的「關鍵文字」有所會心。讀者如能詳加閱讀，當能獲致現代詩的欣賞門徑，進而嫻熟現代詩的創作方法。

「中學白話詩選」有別於一般詩選之以詩人代表作品為重的編輯方式，而選用「好的」「適合」中學生閱讀的作品，可免除讀新詩的年輕人對於部份風貌特異詩作的困擾，紮好欣賞、甚至創作新詩的能力；也不同於其他詩選之以作品展出爲主的編輯體例，而能同時介紹詩人生平、詩觀、思想，使讀者更能掌握詩的原貌，加上作品附有解說，則讀詩的感受與體會可以參酌印證，可謂爲一本新詩入門的最佳參考書，其實不只中學適用，凡對詩有誤會，或一直自認不懂現代詩的人，也都很可以參考研究！

總的說來，蕭蕭與楊子澗兩人以其課餘時間（兩人均執敎中學），精心合力編著的這本「中學白話詩選」，確能掌握新詩的發展軌跡，引導讀者直入詩的堂奧，尤其他們兩人長期與學生相處，更能了解青少年之心理和需要，則此書之宜爲中學生必讀讀物也就可以預期了。

三

「新詩的老祖宗」胡適在他的「沁園春」詞後半段寫道：「爲大中華，造新文學，此業吾曹欲讓誰？詩材料，有簇新世界，供我驅馳。」（五年四月十二日寫，見胡適紀念館出版「嘗試集」三二六頁）中國新詩革命乃是文學革命之開端，然則六十年來其發展反而倍爲艱苦，原因固然很多，而其要者大概不外以下二點：一、新詩負有「革命」之額外擔負，難免因爲時勢需要，而做無謂之試驗，斲傷其原就稚弱的生命；二、論戰與紛爭往往使一般讀者易受影響，甚至誤解，而讀者之誤解所造成的隔閡，又令詩的紛爭與論爭蠭起，惡性相循，而讀者愈稀。

第一個原因由於時移勢遷，隨著新文學的成熟，如今已稍見平穩，可以不論；但第二個原因之影響，則揆諸三十年來現代詩的發展，其傷痕是非常深劇的。每一次論爭，要喪失一部份讀者，相尋相漸，滋可痛惜。好在近幾年來。痛定思痛，於是有「現代詩導讀」（故鄉版）五鉅册出版，求從理論與創作上印證現代詩之水準和價值；又爲使新詩紮根，遂有本書與文曉村編選「寫給青少年的新詩評析一百首」（編者自費由「布穀出版社」出版）；另爲反映近十年來中國現代詩之總貌及其成果，又有「中國當代詩大展」（德華出版社）之着手編印……凡此種種，正可說明詩的整建工作已經展開，也正隱然預示著紛爭的時代已將過去，另一嶄新的詩年代卽將來臨！

而做爲整建工作的基層結構，「中學白話詩選」無疑是此一期間內較能勾勒中國新詩發展概況，又能照顧到新詩遠景預矚的一本選集。從撒播種籽，到如今的枝繁葉茂，我們有理由期待，中國現代詩粲然花開的聲音！

——六十九年九月「明道文藝」五四期

亮在眼裡的星星

——小朋友也可以是大詩人

中國新詩從胡適的「嘗試集」開始，發展到現在已有五十年光景，儘管詩的路途十分崎嶇，而且一直未能受到社會重視，但是近幾年來已有很好的轉機，首先是七十年代之後青年詩人大量崛起，使新詩的生命得到更新；更可喜的是，兒童詩繼踵其後，蓬勃發展。

兒童詩的創作又可分成：成年作家用擬兒童口語寫成的「童話詩」，以及由兒童自己寫出的「兒童詩」。在現階段的童詩創作裏，往往寫「童話詩」的成年作家也是鼓勵兒童寫作「兒童詩」的老師，它的好處是可以使兒童提早熟習詩的語言和技巧，壞處則是由於指導老師無意的引導，使小朋友提早喪失了可貴的童心。

其實就詩而言，童心是十分重要的原動力。李白詩中有「白髮三千丈」，杜甫詩中有「月湧大江流」，這些名句之中蘊藏了非常新鮮的童心，乃更能膾炙人口，千古傳唱。因此，鼓勵兒童寫詩，應該先求啟發小朋友的童心，而不是教他們技巧、結構：要引導小朋友打開自己的眼睛，去看屬於他自己的星星，讓他表達自己面對新奇事物時的感覺，讓他將最初的感動寫成詩的火種！

很多小朋友在經過引導、啟發後，寫出的詩是很驚人的，他們寫春風可以「叫花兒張開嘴來唱歌」，寫雨珠會「逗笑了池塘／越笑越開心」，都是非常鮮美的意象，現實世界的一事一物，通過小朋友的眼睛，可以得到如此活潑的生命！寫詩的小朋友可能不知道，他的詩在無形中已運用了視覺、聽覺、嗅覺以至味覺的多重感應，也可能不知道他的詩是一首「情景交融」的好詩，但他的眼睛是澄澈的，他的心靈如此清淨。

鼓勵我們的小朋友寫詩！是十分值得提倡的。讓小朋友運用自己所知的字彙，打開自己的眼睛，用幾句話寫出自己的感覺，這種教育不但具有啟迪作用，同時也是鼓勵他去認識週圍睛境，去愛護花草樹木的最好訓練。當他也像三歲的洪柏鍾小朋友一樣，看到小星星而會聯想到「是爸爸用打火機／打出來的火花」時，小星星就不只是天上遙不可及的東西了，這當中包括了對爸爸的感情，對打火機的火花的喜悅！而把月亮看成是「我的白色大氣球」，這又是何等可愛的氣魄——這樣的詩，是洪小朋友的媽媽李女士將他無意間說出的話，加以留意記錄下來的。李女士是個有心的媽媽，她的細心，不僅讓我們體會了童心的可貴，也告訴了我們鼓勵小朋友寫詩的另一個途徑。

這條路需要所有關心自己孩子的媽媽一齊來走！做媽媽的在陪伴寶寶時，不妨用點精神留意寶寶的「囈語」——在帶着他看天上的星星時、在帶着他逛街時、在跟他玩家家酒時，只要多注意他無意流露出的話語，將那些平常認為斷斷續續、毫無意義的話，加以留意筆記，可能就是令人驚奇、令人喜愛的詩。

小朋友眼中看到星星既可以「是爸爸用打火機／打出來的火花」，當然，也可能是媽媽眼中的陽光。從記錄寶寶眼中的詩開始，到愈見普及的教導兒童寫詩，中國新詩的遠景是可以預卜的，中國回復「詩的民族」美譽的一天也必然來臨！

——六十九年九月十日「時報周刊」

愛與詩的滙流

——爲「亞洲現代詩人聯盟」催生

由臺中市文化中心主辦，國內六詩社笠、創世紀、藍星、現代詩、大地及陽光小集協辦的「中日韓現代詩人會議」，自十五日起在臺北、臺中兩地展開一連三天的交流活動。這項以第一本亞洲現代詩集「愛」爲出發點的詩人會談，不僅是今年第一件文壇大事，同時也由於會議討論主題——亞洲現代詩人聯盟組成草案——的提出，已爲亞洲現代詩人相互交流及詩藝切磋奠下基石。

對我國詩人來說，這次會議一方面是「有朋自遠方來」的喜悅，一方面也是將三十年來慘澹經營、不斷努力的詩的成果，展現於友邦之前的興奮；對參與此事的中日韓三國詩人而言，這是自戰後以來，三個兄弟之邦捐棄一切不愉快的慘痛經驗，嘗試以詩——愛的文學互爲交融的絕佳機會。三個語言、文化及人種淵源最深的國家，在詩的關係上回過頭來重新携手、互相關心，從而致力於亞洲文學整合的可能，其意義至爲深長，自不只是詩的溝通而已。

站在以愛爲出發點，以詩爲媒體，以亞洲各國詩人彼此交流爲目的的立場上，這次會議是否可能眞正達成三國詩人的心願，或許一時仍難有定論，但三國詩人能夠同堂共聚，針對聯盟的成立交換意見，已踏出了第一步，從這一步的邁出，我們似乎也可預見到亞洲詩原野的寬闊遠景！

當然這個遠景應該是基於三國詩人對詩交流的尊重高於對詩交誼的熱衷，對詩譯介的關切多於對詩名份的關心，在中日韓三國詩人相互瞭解、不相互曲解，相互提携、不相互貶抑的情況下，亞洲現代詩人聯盟的成立，必能使西方文學界透過文字的媒介，正視東方文壇的特色與眞正精神所在。

我們期待這樣的「亞洲現代詩人聯盟」早日成立，對將來加入的亞洲諸國詩人，它是交流與瞭解互行、鼓舞和激勵並進的機會；對世界詩壇而言，它提供了更具幅度的東方詩作面貌，也有可能建立出東方詩形象的新姿。

而使此一期待不致落空者，主要在於聯盟諸國詩人的共識與主事國的執行。就此次會議中由我國詩人代表團研擬提出的草案看，是以「力行現代詩創作，促進各國詩人彼此間的交流爲目的」，如把它當成共識，的確已起碼保證了亞洲詩人之間，以紮實創作爲交流媒體的心願；但從執行來論，草案中說明「本聯盟之任務，係爲亞洲各國詩人現代詩創作之推展與輔導、研究、聯繫交流，並爲出版『亞洲現代詩集』每年一期，採以中日韓英四國語言對譯，同時刋登爲目標」，如此的執行任務及目標，應如何不使它成爲具文，恐怕仍需中日韓三國詩人擬具確實可行的細則，並加以嚴格執行，方才可能達成。比如聯繫交流工作若只是一年一度會員國輪流主辦，而無平時各國詩作的互譯互介，必難達成深入而實在的交流；如果只是每年輪編一期「亞洲現代詩集」，而各國詩人之間缺乏更多更深入的認識，可能也容易流於「各自為詩」的冷漠態勢——萬一眞是如此，則今日立意雖佳，而明日效果不彰，就太枉費三國詩人排除萬難、尋求溝通的初衷和苦心了。

而我們相信，事必不至於如此！我們寧願寄以樂觀，特別是對三十年來備嘗艱辛的中國現代詩人來說，在仍談不上詩的成果，但已薄見收穫的此際，藉着與鄰邦詩人的交流溝通，來瞭解別人，也重行自省，或許能有所調整於詩的視野，並可能更壯碩中國現代詩的根莖。某些在國內擾擾攘攘、爭辯不休的問題，透過與異國詩人的研究、比照，很可能可以獲得兼容並蓄、相互滋蔚的助力，一如眾多溪流，原來各自奔騰競逐，但在面對大海的浩瀚無垠時，便易甘於化身為相激相盪的壯闊景觀。而我國現代詩壇如能因此次中日韓詩人會議的召開，乃至於亞洲現代詩人聯盟的成立，消弭一些成見，拓寬更多視野，那就是最大的收穫了。

在中日韓詩人會議就「亞洲現代詩人聯盟草案」詳加討論，並擬議成立的熱烈氣氛中，我們感覺到了一股現代詩的春天的氣息，而那是在愛的出發點上，透過詩的媒介，所傳達出的春訊。我們期望：亞洲現代詩人聯盟能在愛與詩的滙流下早日成立；我們也盼望：透過亞洲現代詩人聯盟的成立，中國現代詩能更包容、更開闊地向前邁進一大步！

——七十一年一月十六日臺灣日報副刊

——七十一年二月「陽光小集」詩雜誌八期社論

從缺憾中求圓滿

——參加「中日韓現代詩人會議」的感想

純粹由國內詩人促成，並分擔事務、經費所舉辦的「中日韓現代詩人會議」，已於元月十七日日本詩人離華後圓滿閉幕。這次以愛爲出發點的三國現代詩人會議，以三天的時間在臺北、臺中兩處各有多次交流，對會議主題所在的「亞洲現代詩人聯盟」，雖然仍未能討論出具體的方案，但從三國詩人坦誠的意見交換及融洽氣氛來看，這次會議無疑是一次成功的交流活動，透過詩人與詩人的相互切磋，它展現了亞洲現代詩壇的燦爛遠景。

做爲一個年輕的寫詩人，我有幸蒙主辦單位不棄，「徵召」爲會議籌備委員之一，內心當然感到興奮，卻又由於本身業務相當繁忙，未能盡力幫忙而倍覺愧疚。然而，在籌備會上、在會議場中，乃至於在餐會、朗誦會裏，我所眼見國內前輩詩人爲這次會議投注心血，努力奔走的形象，都在我年輕的心靈中留下了難以抹滅的記憶，也讓我在至今十餘年的詩途上，目睹了一次現代詩人不分派別、老少，鼎力相成的可貴鏡頭。

雖然列名這次會議的中國代表僅有四十八名，許多傑出詩人仍未能邀請，但從籌備開始，從原來可能只是臺中市立文化中心主辦，到由笠、創世紀、藍星、現代詩、大地及陽光小集等六個詩社協辦，而後是中國時報、聯合報及臺灣日報等三大報社的贊助，整個過程就是一場由協調到共襄盛舉的演出。特別是由於這次經費直到召開時仍毫無着落，詩人以反求諸己，咬牙撐持的精神，先由工作小組自掏腰包，推展工作，再經由與會中國代表以樂捐方式加以促成，這恐怕是中國現代文學史上空前絕後的國際會議了。

所以，這次會議值得中國現代詩壇引以爲傲，在經費如此捉襟見肘的情況下，經由與會代表的合作，辦出了一次愉快而圓滿的會議；然而，「中日韓現代詩人會議」竟出之於如此寒酸刻苦，又不由得讓人爲之扼腕，尤其此一會議實質上是國際性的文化交流，意義上更不啻是具有深遠影響的國民外交，竟至於出之以陋而求之以全，對關心中國現代文學的眾多讀者來說，知道此一重要會議背後，隱藏着這種委曲求全的辛酸，想必也會於心不忍吧！

也由於經費短絀，使得這次會議雖然成功地召開、圓滿地結束，卻也留下了一些遺憾：如做爲會議討論主題的「亞洲現代詩人聯盟草案」只能藉中文打字稿提出，無法附上日、韓譯文，使日韓兩國詩人對此一草案的詳確與眞正精神無法全然瞭解，致在會議場上浪費了不少時間，才互相得到了基本上的諒解；如做爲詩人與詩人間交流媒介的大會手册（應包括會議主旨、議程、三國詩人簡介、三國詩壇現況，及出席詩人作品譯介等）也未能印出，使三國詩人在全然陌生的情況下，必須透過繁瑣的翻譯過程，艱苦地瞭解對方，然而終其極只是記住了幾個詩人的名字，無法眞正體認異國詩作的內涵與精神——就我國現代詩人來說，透過會議期間三大報紙副刊的介紹，還稍可彌補；但對日韓兩國詩人來說，除了帶回一次美麗而愉快的記憶以外，他們恐怕仍無法眞正瞭解中國現代詩壇的現況，正確認識中國現代詩作的精神所在，嚴格說來這是我們的最大損失。

但從我國現代詩壇經過三十年相互爭執、各立門戶的發展上看，這次會議卻也獲得了一大收穫，那就是所有現代詩人消弭成見或誤解，携手共爲中國現代詩遠景合作的可能。從爲促成此次會議奔走，到協力而圓滿地結束此一會議，全國各大詩社、老少詩人付出關心，取得共識，出錢出力，凝成一氣的精神，可說是自當年紀弦成立「現代派」以來，又一次詩壇的盛大結合。做爲一個瞭解現代詩三十年發展概況，而又雅不願見中國現代詩一再「四分五裂」、相互抵銷的現代詩後輩，我深爲如此難得的融洽感到興奮，也深盼這次會議成爲一大契機——當中國現代詩人不再爲詩的主義或表現方式互相攻伐，而能爲重建現代詩的未來相互鼓勵，也就離中國現代詩蔚蘊出繁花碩果的前景不遠了。

把這次「中日韓現代詩人會議」當成國際文學交流來看，由於經費的困難，遺憾在所不免；但如果把此一會議當成中國現代詩壇携手並進的可能，則這是令人興奮、期許的契機。但願曾經有過多次爭執的現代詩人，經由此次難得的「團聚」，重新集結爲中國現代詩成長再成長的助力，也希望我們中國現代詩壇的春天早日降臨。而此一春天，是在所有詩人捐棄成見，藉包容的心懷、擲地有聲的作品所合力召來！

——七十一年一月廿一日臺灣日報副刊

春與秋其代序

——對洛夫先生「詩壇春秋三十年」一文的幾點意見

五月出版的中外文學，在「以歷史回顧爲主題」的構想下推出「現代詩三十年回顧專號」，這本厚達二六二頁的詩專號計以㈠回顧性的論文，㈡現代詩三十年大事記，㈢文獻重刊，以及㈣詩創作爲其內容，在編輯者的巧妙安排下，堪稱是多年來各類刊物所曾出版詩專號中，最能照顧並掌握三十年來現代詩發展的專號。

但這本專號卻也出現了美中不足之處，特別是在其重點「回顧性的論文」上。對留心詩壇發展和現況的讀者，這本專號雖提供了三十年詩史的大概景觀；然而對已爲現代詩奮鬪過二三十年的前行代詩人而言，恐怕會是一種「不盡合意」的缺憾；對近十年來從事現代詩創作的新生代詩人來說，也可能會有「不得不說」的意見——站在整個中國現代詩史的立場上，而非一門一派的界限中，這種反應毋寧是十分正常的。

其中引起詩壇最大反應的，應該是洛夫先生的「詩壇春秋三十年」一文。一方面這篇文章具有整本詩專號的導言性質，另方面又是「一篇算總賬的文章，回顧與檢討兼備」，當然引人注意，同時易起反響，自不在話下。洛夫先生「臨危受命」，承認「這是一件艱鉅的任務，吃力不討好是必然的」，不難想見他下筆時的態度應是十分謹愼及力求公正的。

然而可惜的是，洛夫先生為了「儘量避免重覆」有關現代詩的發展歷程和重大問題，採取「以雜憶和反省的方式」處理民國六十一年以前的事，以「詩壇新貌的介紹與評述」處理十年來的發展，使得這篇重頭文章因此稍嫌分割、零散，也發生了「瑣細與嘮叨則勢所不免」的缺失——但這不構成問題，這是作者處理他所熟悉之事時不得不採取的方式。

構成問題的是：做為目前詩壇的重鎭之一，洛夫先生對民國六十一年以前的事，似乎雜憶得多，反省得少；對近十年來的發展，則似乎介紹得不够，評述得稍嫌武斷。

我們是現代詩發展歷程中的後進，對於三十年來在備受誤解下不斷奮鬪的詩壇前輩，基本上懷着十足的感念，也對洛夫先生二十多年來不懈於詩的精神抱有萬分的敬意，然而對於洛夫先生「詩壇春秋三十年」一文所觸及的某些問題，我們不能不站在詩史的立場上提出幾點眞誠的意見，就教於洛夫先生並藉供關心現代詩的讀者參考：

第一、關於民國六十一年以前的「詩壇雜憶與省思」部份。這一部份，洛夫先生以「現代派」、「藍星」、「創世紀」及「笠」四大詩社為探討對象，由於寫作方式採雜憶方式，兼有秘辛性質，的確頗具可讀性，然而此一雜憶應僅能視為「資料提供」，其可信度或許仍有待與其他詩人提供的資料比對後，始可論定，我們不擬置評；而洛夫先生對於「現代派」的再闡釋，對於

「藍星」抒情風格的提而未論，對於「創世紀」與超現實主義的辯解，對於「笠」的語言問題的「不敢苟同」，對於「葡萄園」明朗詩風之提倡的略而不提，這些也非年輕一代的我們所能置喙。我們能提出看完此一部份的意見只是：洛夫先生如能以他寫「創世紀與超現實主義」的內容與態度，來處理其他詩社，應該可使此一部份更珍貴而可信。

第二、關於「臺灣的現代詩，在年輕一代覺醒，並創出一種關心現實和社會而趨於明朗化大眾化的詩風之後，業已告終。」部份，洛夫先生認爲「這一看法與事實不符」，是「似是而非的說法」，我們認爲仍有待商榷。事實上，如果沒有六十一年關唐事件的發生，詩壇恐怕仍會籠罩在歐風美雨下而不自覺，如果沒有當時以「龍族」爲首的青年詩人「敲自己的鑼，打自己的鼓」的覺醒，並以作品支持他們的自覺，現代詩恐怕還得遲緩個幾年，才能達到今天的所謂「收穫時期」。以現代派信條爲衣鉢的現代詩的告終，正是由於年輕一代的覺醒及繼起所敲響。而其「不再被視爲西方現代主義的支流或附庸」，其「在精神和語言上都已歸宗於我民族文化的主流」等等「果」的形成，恐怕不能不歸因於當年新生代詩人的覺醒。

第三、關於「近十年來現代詩的新貌」部份，洛夫先生似乎對於十年前關傑明、唐文標兩先生所引起的論戰，仍難忘懷，整節以五分之四的篇幅反覆駁正關唐，以五分之一的篇幅「介紹，評述」近十年來的新貌，令人稍感遺憾。以今天的眼光來看，關唐兩先生的意見容或「矯枉過正」，但對當年的詩壇的確不無警惕，如以讀者的立場看，他們的意見容或「惡毒」，卻也是眞誠的表白。在當時對詩壇之傷害頗大，我們可以理解；對今日之詩壇卻不無裨益，則應可肯定。而這恐怕不是輸贏問題，因爲輸是詩壇，贏也是詩壇，要緊的不是評家如何「惡毒」，要緊的是詩人是否自覺？要緊的不是當年的詩評家如何「歪曲」，要緊的是這十年來詩壇如何純淨？而這就關乎十年來現代詩表現了什麼樣的新貌？恕我們坦率以道，洛夫如其着重於「新貌」的評介，卽使無法務求客觀，也將使他對關唐兩人十年前評文的駁正更具說服力。

第四、關於洛夫先生對年輕一代的評述部份。此一部份洛夫先生提到兩點，都是我們不能已於言者。其一、他說「近年來他們在鄉土主義的局限下，不僅詩觀受到限制，想像力也難以縱韁馳騁」；其二、他認爲「新人是長成了，但他們辦詩刊，推展詩運的熱情和執着則不如前人。他們老成持重，大多缺乏前衞精神和實驗新形式新語言的勇氣」。就前者來說，恐怕沒有任何一個年輕詩人敢於承認，事實上詩風近於鄉土者，詩觀不見得必是「鄉土主義」；贊成所謂「鄉土主義」者，其詩風亦不見得卽是鄉土，更何況尚有不少青年詩人在創作上寧肯以詩爲宗，不願以「主義」自限？至於想像力的「縱韁馳騁」則牽涉到每個詩人不同的美學要求，可勿庸贅述；就後者而論，青年詩人辦詩刊的現象仍如雨後春筍，源源不斷，推展詩運的能力或許猶是新燕初至，力有未逮，然而這並不損於我們的「熱情和執着」。如以「陽光小集」爲例，我們自去年春季號改版爲「詩雜誌」形式，卽是在詩刊發展的一個突破，在編輯方針上的「門戶開放」，也大異於往昔詩刊的「同仁觀摩」，加上我們對詩與歌、畫的重視及提倡，這恐怕非「熱情和執着」所涵蓋了得，而已是走向更有定力及計畫的努力了，如不如前人則應屬其餘事也。至於今天的所有青年詩人是否眞的缺乏「前衞精神」和「實驗新形式新語言的勇氣」，則也不盡然，事實上這十年來出現的青年詩人及他們的作品，與前行代詩人的作品相較，有明顯不同者並不在少數，實驗過新形式新語言，甚至新內容者也不難找出；即使退一萬步來說，他們眞是大多缺乏「前衞精神」的話，相信也仍有很多青年詩人不斷在充實自我中，他們之不敢貿然實驗新形式、新語言者，不是沒有「勇氣」，而正是「老成持重」的可貴。

基於以上四點看法，我們對於洛夫先生的「詩壇春秋三十年」一文不無遺憾。就「詩壇春秋」四字而言，我們之所以不憚其煩，提出意見，不敢說是「責備賢人」，但絕對是本於對洛夫先生二十餘年來對詩壇的貢獻的肯定及尊重。我們期望現代詩的眞正結果，使我們不能不要求現代詩的早日開花，而現代詩的開花，是仍需要老少詩人相互尊重，各自努力才可能達成的。

做為今日青年詩人的一羣，對於三十年來風風雨雨的現代詩發展過程，我們深盼那只是成長的必然，而不是誤解與錯誤的累積。基本上，一如洛夫先生所言，我們「既參與現代詩這棵大樹的枝葉修剪工作，卻也反對有人搖撼這棵大樹的主幹和根基」，然則我們認爲現代詩的主幹應是民族，其根基應是時代，此一主幹此一根基不爲一門一派所可獨自擁有，也非詩壇內外任何人所能搖撼。對過去爲現代詩付出心血的前行代及其業績，我們絕對尊敬，但我們也不迷戀；對於未來我們這一代能否爲現代詩做賡續、發揚的工作，我們將更加持重而不衝動，更具信心而不躁進。我們認爲，任何文學主義的宣揚，如其不與民族、時代相呼應，則屬詩人的墮落；任何語言形式的實驗，如其不與生活、民眾相配合，則屬詩人的逃避。墮落與逃避，不足爲一個有良心的藝術工作者所取，更不可能是這一時代的所有詩人所樂見。

屈原離騷中有句話說：「日月忽其不淹兮，春與秋其代序。」文學藝術本來也是循循以進的，每一代的文學工作者盡其本份，則雖或爲日，或爲月，或春或秋，大可不必多所計較。唯我們讀了洛夫先生的「詩壇春秋三十年」，深感因誤解而起的風雨絕非現代詩壇之福，我們期待溫煦而開放的陽光，自寬濶的現代詩的土地上升起！

——七十一年六月「陽光小集」詩雜誌九期社論
——七十一年六月廿五日臺灣日報副刊

在陽光下挺進

——詩壇需要「不純」的詩雜誌

三十多年來中國現代詩壇的舞臺主要是在詩刊，特別是在以同仁出資、不計盈虧的大小詩刊上；三十多年來，不少詩刊前仆後繼、聚聚散散、跌跌停停，在社會、經濟的長足進步下，一直欲振乏力，始終低迷，幾乎已將近「跌停板」。

三十年前，紀弦獨資創辦「詩誌」（有人望文生義認爲「它是自由中國最早出現的一本詩雜誌」有待商榷），只出了一期「純詩刊」後便告跌停，對新詩運動種籽的散播並無「決定性」的「因素」，眞正引起現代詩運動在臺灣紮根的，其實是二十九年前（一九五三）的「現代詩」詩刊——然而更嚴格地說，眞正使臺灣的現代詩如火如荼展開、而具有決定性影響力的，是三年後的「現代派」運動。

詩刊與運動，影響了中國現代詩近三十年來的發展；而伴隨着詩刊的「信條」與伴隨着運動的「主義」，產生了中國現代詩壇近三十年來的動盪局面。

三十年來，在部份以「純詩刊」爲號召、爲標榜的詩人前輩的努力下，我們的詩刊銷售量少有超過三百本的；三十年來，在部份以「搞運動」爲興趣、爲特長的詩壇先進的鼓吹中，我們的詩壇似已呈現三頭馬車的分裂局面。而所謂詩的「信條」、所謂詩的「主義」只不過成爲掩飾不足、黨同伐異的工具罷了。

做爲在此一三十年詩壇功過中汲取養份的青年寫詩人的一羣，我們長懷感激，卻也常歎「感冒」——我們欣賞並敬佩那些卅年如一日爲詩刊繼踵奔跑的先進、爲現代詩嘔心瀝血的前輩；我們卻也遺憾並「引以爲鑑」那些卅年如一日「覺我是而人非」「以我派爲表率」的詩壇運動家！

我們寧可踏實地站在臺灣這塊土地上，與人羣共呼吸、共苦樂；寧可磊落地站在詩的開放的陽光下，種植各種花草、欣賞各種風景——我們不強調信條、主義，不立門派，不結詩社，不主張某種來自某時或某空的「繼承」或「移植」！

我們不強調信條、主義，因爲詩既言志也載道，各言爾志，詩於是在；各載其道，詩於是在。我們贊成詩的純淨，而詩的純淨是不自以爲純淨！信條與主義如其存在，是信仰該一信條及主義的詩人個體的自我期許與要求，但絕不能以此一信條、主義爲尺度去「強人相同」——我們深爲卅年來詩壇強調信條、主義所造成的遺憾而悲，因此在我們對信條與主義的瞭解未臻成熟之前，我們不敢冒然提出，也不敢以此爲丈量，衡諸天下，自以爲是。我們只是拿筆的寫詩者，不敢也不願是拿着戒尺的詩壇「維護者」。

我們不立門派，不結詩社，因爲詩的門派無它，詩而已矣；詩的結社無它，詩而已矣！我們贊成詩的批評，而詩的批評是不自以爲權威！門派與詩社如其存在，是同有一信條及主義的詩人羣體的相互策勵及精進，但絕不能以此一門派、詩社爲門戶去「議人不同」——我們深爲卅年來詩壇立派結社所造成的傷痕而悲，因此在我們對門派、詩社的需求尚非急切之前，我們不敢自稱詩社，也不敢自以爲成派。我們寧可承認自己還是有待出井的青蛙，不敢也不願是自劃圈限的老虎！

從而我們也不主張某種來自某種時間或某種空間的繼承或移植，因爲今天所是、昨日爲非，此地所非、彼處爲是。我們贊成詩的開放，而詩的開放是不自以爲絕對！繼承或移植如其存在，是詩人以其個體的需要來決定其個體的抉擇，但絕不能以此一繼承或移植爲標竿去「論人是非」——我們深爲卅年來詩壇主張繼承或移植所造成的裂縫而悲，因此在我們對繼承或移植的體認尚未深刻之前，我們不敢草率聲明，也不敢自以爲是天平。我們寧可是陽光下的千溪萬流，不敢也不願是歸於一宗的江河。

在這種理由下，我們——一羣仍在努力、摸索、同樣以詩爲最高信仰，卻各自擁有各自的詩的信條、主義的年輕詩人、畫家、歌手——結合在一起辦「陽光小集」詩雜誌，在臺灣現代詩壇卅年來擾攘不停的環境中，在社會已趨向多元化的時代理，我們不求「純粹」辦一份專門爲詩人辦的詩刋，但願「不純」地爲詩壇開闢一道活水，爲關心詩的大眾提供一份精神口糧。以詩爲中心，嘗試各種藝術媒體與詩結合的可能，嘗試詩非「國土」，只是一份媒體的可能，嘗試反映而非引導的可能，嘗試詩人非人類精神的貴族或遺族、而只是文化大花圃中某塊有極限的小花圃的可能。

我們以這種認識與自卑辦詩雜誌，在陽光下努力挺進，原因無它——當詩壇各種不同見解的詩刊各闢門徑，一爭千秋之際，我們的確需要一份不強調信條、主義、不立門派、不結詩社，不主張某種來自某時某空的繼承或移植的「不純」的詩雜誌。

——七十一年十月「陽光小集」詩雜誌十期社論

三、情愛長青

生命是冷靜的，當它面臨折磨考驗，在苦痛的歷練裏，要像一粒不死的種籽，追尋紮根的泥土；

藝術是圓熟的，當它面對血淚愛憎，在模糊暗鬱中，會像一道亮粲的火花，向暗夜長空劃出希望！

返樸拙，歸清眞

——羊令野的詩文心路

讓我面壁，爲爾拈花，一切都在無語或有言之中。——羊令野

一

在中國現代詩的發展過程中，羊令野無疑是一塊磐石，一道清流，一面風華偉烈的旗幟。做爲磐石，自民國卅七年秋在浙江金華出版第一本新詩集「血的告示」以降，三十餘年來他創作不懈，一直爲現代詩做最落實的見證，從不逃避，也未曾停筆；自民國四十五年在臺灣嘉義創刊第一份「報紙詩刊」南北笛以降，二十餘年來，他奉獻心血，讓現代詩有了向讀者普及的機會。也提供了現代詩人發表作品的園地；自民國五十七年國軍成立詩歌隊首任隊長，以至交出棒子由詩人洛夫接任，十餘年間，他聯絡詩的工作者，熱心推動詩運，使現代詩在「內憂外患」中

得以安渡「險灘」，對詩以及詩運，他可以無憾。他的堅毅執着，使現代詩的發展有了一股基本的定力。

而做爲清流，他自四十二年啟用「羊令野」這個筆名寫詩以來，近三十年間，他以個人涵泳舊文學的根基，錘筆磨蕊，一直不曾被流行或新潮迷失過。他使用清新而具生命的語言，造深廣而現代的境界，在詩壇沉迷於夢囈和晦澀的濁流中時，他依然保持清貞之我，潺湲而歌。他不侈談主義、追隨風尚。他的詩，卽使在以隱晦爲宗的六十年代，也還是一樣清純可讀。

這種精神上一如磐石的樸拙，風格上猶似清流的清貞，乃使他同時又是一面風華偉烈的旗幟。從作品上來說，不管詩或者詩有餘力的散文，他不使用奇險詭異的文字惑亂讀者，不舖設迷離撲朔的技巧來迷炫讀者。他的文字是樸拙的，濃茶餘甘，有待咀嚼，技巧是清貞的，白雲出岫，耐人尋味；從文字底層的情操來說，他甘守寂寞，願效淵明，感時憂國，崇慕子美，他用筆述「願枕流而隱，聽泉而吟」之心，用血寫「一葦猶可渡，萬敵莫敢當」之志。分開來看，在和風煦日裏，他是拓展有致的旗，引你向更寬濶的天仰望；在狂風疾雨中，又是飄魄昂然的旗，不向陰暗灰白低頭。

二

羊令野，本名黃仲琮，安徽涇縣人，民國十二年生。十五歲卽從詩人左杏邨先生習詩詞，受左氏影響頗大，據他自述：「左師給予我詩的啟蒙，從歷代格律詩到現代詩，嚮導着我去涉獵，那時的狂熱之情，和他的誨人不倦，使得我心甘情願的把生命獻給詩了。」（負盡人間多少恩，收入散文集「面壁賦」）同時從此開始了他的創作生涯，後來羊令野從軍報國，也因左氏的期勉所促成。可以說，由於左氏的啟蒙，詩人自十五歲便決定了他此後人生的兩條相互影響的路——一條是「行萬里路」的戎馬生活，另一條就是「讀萬卷書」的筆墨生涯。這兩條路鍛鍊了詩人的心志，也琢磨並決定了詩人的作品風格。

民國卅三年，詩人又從安徽歙縣詩人暨書法名家許承堯翰林遊，研討詩學，並盡讀許氏收藏書畫精品。這個緣遇，使詩人的古詩才學更爲發揮，並強固了他別具一格的書法根基及品鑑能力。詩人正式接觸新文學，並轉而研習現代詩，是在「歷年所作格律詩已達三百餘首」（見「羊令野自選集」年表）後，那是卅四年，詩人時年廿二歲。越三年，卽卅七年夏，詩人奉派至浙江金華，在那裏，他踏出了與現代詩此後卅三年「姻緣」的第一步。

他的第一本新詩集「血的告示」，用「田犂」爲筆名，正式在這年秋天出版，可惜「這本詩集在上海保衞戰中丟掉了，有位同事帶來臺灣一册，輾轉借閱，不知所終。」（見自選集附錄「詩人羊令野訪問記」，辛鬱紀錄）。在此之前，他在金華幹了兩件大事，其一是「浙西週報」（後改爲日報），另一件則是在「蘭溪導報」創辦了「詩陣地」周刊，約出八期——詩人與「報紙詩刋」結緣，要從此算起。

但詩人眞正與現代詩結合，則是播遷來臺後的事。民國卅九年，詩人隨軍來臺，並主持軍中「前進報」；四十一年，與翟牧、郝肇嘉合出了軍中文藝的第一本作品「筆隊伍」（詩、散文、小說合集）；四十二年正式啟用筆名「羊令野」寫詩；四十三年，詩人收集來臺後的作品，在嘉義出版了第一本散文集「感情的畫」（六十四年增訂再版）；四十五年詩人節，與葉泥、鄭愁予等在嘉義「商工日報」每週出版一次「南北笛」詩刋——這種對詩的漸進投入，使詩人能更理智地分辨詩的眞貌，並增強了對風潮與流行的免疫力。

對詩人來說，南北笛可能是一個重要的觸媒吧，「每次出刋前夕，我總是親去排字房，指導工人拼版，等到看了大樣，已是深夜時分，住在報社對街的旅社，聽印刷機的旋轉聲，和南來北往的火車汽笛長鳴，好像『南北笛』的鳴奏。天一亮，就去取發報紙，寄發作者」（見辛鬱訪問文）這種甘苦滋味，使詩人此後「對報刋出詩刋一向熱衷」，也使他成爲詩運的推動者。

四十八年，詩人從嘉義調臺北國防部，詩創作益勤，並完成了他的「貝葉」，其後因業務關係，有一段時間作品銳減；直到五十七年，國軍成立詩歌隊，詩人出任隊長，同時在青年戰士報創辦了「詩隊伍」週刋（詩隊伍的命名似乎是由「詩陣地」和「筆隊伍」嵌成，待考），在這期間裏，他陸續發表了「草之廬書簡」、「面壁手記」等作品，隨即於十月出版「貝葉」詩集。

關於「貝葉」，這本詩人在臺出版的第一本詩集，距首航之作「血的告白」，出版時間相差了二十年之久，詩人後來曾追述：「『貝葉』十三首詩，是我住在衡陽街的時候，案牘生活中的副產品……紛繁的公務處理之際，我常在另一心靈世界馳騁。『貝葉』在這般情況中產生，也是奇蹟。」（見辛鬱訪問文）——好在產生了這種「奇蹟」，否則詩人第二本詩集的出版，可能就是距「血」書之後三十年的自選集了（六十八年出版）。

五十九年，現代詩壇因前此趨於晦澀，備受各界月旦，讀者也已漸稀，這時詩人與洛夫、張默、辛鬱等人乃籌組「詩宗社」，力圖延續現代詩的命脈，詩宗社計發行了「雪之臉」等「叢書詩刊」五期，由於發行困難，志尚未酬而詩刊已停刊。此後詩人與其他具有使命感或創作力的詩人，仍舊忍受寂寞、孜矻寫詩。

六十二年，第二屆世界詩人大會在臺北召開，同時由於青年詩人紛紛崛起，中國現代詩的生命有了新的轉機，內容與文字也有了「從晦澀轉向平易，從自我挖掘投向觀照人羣」的轉變，詩壇慢慢熱鬧起來，詩的生命也復甦了。

詩人這時仍住在士林芝山岩的草之廬，「八坪紅磚青瓦屋……陋屋閒居，不識姓氏，淡茶粗飯，自足生涯」，於是「放浪於大化，馳騁於筆墨」，「因而我的作品大都植根於斯，生發於斯」（見散文集「面壁賦」自序）。從此詩文日豐，除了舊作「感情的畫」，增列新作於六十四年再版外，同時也出版了「必也正雜文集」（收集歷年各報發表之方塊文章，「必也正」爲詩人寫雜文之筆名），六十五年與十二位詩人共同策劃出版了「八十年代詩選」，六十七年出版評論集「

千手千眼」、「見山見水」，散文集「面壁賦」，六十八年出版「羊令野自選集」（詩集），最近又整理了雜文選集，卽將出版。

除了詩文外，詩人在翰墨上亦自成一格，六十三年他與莊嚴、傅狷夫、戴蘭村、于還素、王壯爲、汪中等書法名家組成「忘年書展」，年展一次，頗受矚目。

如此概略的筆墨生涯，正好可以引證第一節的引言，做爲詩人，羊令野的磐石之志、清流之姿、旗幟之勁，並非諛詞。

同時由於如此簡略的介紹，我們才更易於走入詩人的內裏，去探索他的詩文心路。

三

羊令野的詩文生涯，如從他十五歲開始創作算起，如今已歷四十三年；如以他出版處女詩集「血的告示」算起，也有三十三年了。然而這近半世紀的磨墨研文，他的所有作品出版者合計只有九本，數量之稀與創作年齡之久，皆令人訝異。

這九本作品中，剔除不在本文論列範圍的雜文三本，純文學創作只剩六本。其中詩集、散文集各三本。詩集部份，「血的告示」已連詩人自身皆無藏書，而「貝葉」有部份已選入「羊令野自選集」；散文集部份，「感情的畫」乃絕版後增訂再版，可併爲一書，加上「面壁賦」合得兩本。

爲討論方便，詩以全豹爲重，選「羊令野自選集」；散文以近作爲準，選「面壁賦」。爲引徵比對方便，採兩書合閱方式，不分別探討。從這兩本堪稱爲羊令野詩文代表作的書中，我們大概可以追索詩人如何舖建他的心路。

羊令野自選集，六十八年五月由黎明文化公司出版，列爲「中國新文學叢刊十一號」。據詩人自序：「這個自選集，僅收『貝葉』集中一部份，餘均未曾結集者。雖說自選集，其實也可說一個專集。」由於作品大部份未附寫作時間，且作者依詩作性質分類，混合編排，很難考據先後，約略應是以五十七年出版「貝葉」集中部份詩作及其後十年間的作品爲主，全書以品類計分十輯，其中第十輯「面壁手記」，自五十八年七月開始在「詩隊伍」上斷續刋出，達三年之久。

面壁賦，六十八年元月由天華出版公司出版，據詩人自序此書「大都在岩阿草之廬寫成的」，其寫作期間有七八年之久，大概是六十年後的作品，全書計分九輯，也是打散寫作時間，以品類分輯。

這兩本書，一詩集一散文，寫作期間相當，其內容大都也是以詠物抒懷敍志爲主；寫作地點大半都在詩人寓居七八年的芝山岩草之廬，故比類觀摩，可以看出詩人如何「面對着芝山那片嵯峨的岩壁，探索着一條明覺的心路」（見「面壁賦」自序）。

這條明覺的心路，映照在詩人的詩和散文中，其實都是一體的。「以一個寫詩的人來寫散文，總覺得心有旁騖，負我初衷。不過我的創作過程中仍想洗磨自己的一顆詩心，照射在我的散文裏。」（見同前）詩人將在心之志發而爲詩，旣詩之矣，又覺不足，乃執筆爲文，其嗒然若有所失之心情，可以想見。尤其詩人年少卽入行伍，其中青春歲月，已奉獻給了國家，如今投戈退伍，仍碌碌於當年就已結緣的筆墨之間。在死亡面前高歌過，在生命面前低徊過，用筆和用槍，同時都讓他面對了生命的莊嚴和艱難。

因此詩人會有「在此投影／依稀少年的顏面／在此投鞭／總是斷流的豪氣／而今誰來橫槊賦赤壁／該當煮酒相與論英雄／一葦猶可渡／萬敵莫敢當」（馬山望大陸之二，詩）的壯濶情懷，也會有「你曾是上馬殺賊，下馬草露布的人，而今旣掛了劍又失去了馬，一介狂歌徒步者。」（馬首前瞻時，散文）的驚悸；感歎「人總是要捨棄自己的，可是人，總在渾噩中追求瞬間的歡愉，我們的雙目，恒是被那虛幻的物象蒙蔽着，被那世俗的模子複印着，而生命就如此地被琢傷。」（五十絃上，散文），也懷想「生命之流呵／在每一片草葉上躍動／在每一塊岩石上冲積／在每一朶雲的容姿上伸展／在每一分鐘的時光中發聲／在我們每一條血脈裏／有着天使們呼喚的廻響」（一隻春天的鳥，詩）。

如此心情，看似矛盾，而其實是相携的。生活的轉變，人境的轉變，在這近十年來，給詩人以一種心境的歷練，這種歷練，也就是面壁的琢磨過程。以十年前詩人寫的詩「面壁手記」來看，「爲什麼岩石的靜止中，我們猶燃起溫柔的火花？把一顆果核的心，升起在荒原之上！冰雪就結出琳瑯的春天，而那顆心就氾濫爲荒原上的湖沼，夜夜守望一個洗滌影子的人。」這是何等浪漫的情懷——「要冰雪結出春天，可以想見這時的詩人還是意氣昂揚的；然而到了六七年後，詩人仍然面壁，卻悟出了不同的「明覺」——在散文「面壁賦」中：「如果摩娑，想必你也可成一座鏡屏的，那光澤所反映的世界，必有我與天地間萬物之投影，這樣的觀照，畢竟給我影以形隨的牽掛，相滋並育的喜悅，我來影現，我去形滅，在你的胸際無所謂得失與生滅。」同樣看似浪漫，同樣牽形掛影，可是十年前靜止的岩壁可以「燃起溫柔的火花」，其後六七年，岩壁已「無所謂得失與生滅」。

探索詩人這種心路的旅痕漸褪，詩人愛吟的杜甫秋興：「綵筆昔曾干氣象，白頭今望苦低垂。」兩句是最好的說明。詩人經過將近半世紀在詩世界中「拼命追秦漢」的努力後，似乎發現了文字成障，雖然可以訴說心聲，卻又畢竟不似「眞我」，遂乃至於「面壁竟無語」了。繁華落盡，果實墜地，終還是要自葬爲種籽，重新來過。如此心情，對一個努力求索生命本義的創作者來說，是落寞而淒苦的。

然則「我非一隻秋日的噤蟬，我的心中依然廻響着夏日的吟唱。縱令面壁千年，豈眞不吐一語？」（「面壁賦」自序）當愛憎憂樂已被詩人視爲「不是寒雲／就是冷雨／有啥可商量呢」（一九七三歲尾作品，詩），那就只有「把所有卑微的軀體捨棄／就像菓子那樣腐爛掉／只要一顆核／隨便丟落在那裏／去種植自己」（同前引）了。詩人並不因嗒然若失而噤若寒蟬，只是「捨棄」自己，「丟落」自己，再來「種植」自己——這種「抽身卽是吾」的「拈花之言」，不僅是詩人的心路反映，也同時折射出了詩人青年時期的軍旅經驗與壯年時期的筆墨心靈。在沉迷和執着之後，在憂樂歲月中，詩人因自身生命世界的反顧與詩文心路的洗磨，找到了那「明覺」的境界。於是詩人展現了他旁逸斜出，抽身是吾的眞我。「生不爭位／死不佔地／刼灰成一撒／茫茫弱水三千」（吳亭公賦，詩），「因其心地一片天眞，故能盡其人之性，復能盡其物之性也。唯心物渾然一體，乃成了他心中的無罣無礙的和諧世界。」（抽身卽是吾，散文）這種抽身於浮華塵世，掙脫名枷利鎖的努力，一方面是力去我執的樸拙，一方面也是求取天人合一的清眞！

從「返樸拙」這個努力來看，「一泓清泉，或者一片明月和粧鏡，枯竭而滅跡，豈非乾淨！」（默坐無絲掛，散文），不受紅塵汚染到底還是難免流於消極，眞正的樸拙是任外界一切形色誘惑自生自滅，「就這麼個餿主意／鼓盆而歌／笑也好／哭也好／生也好／死也好」（莊周夢囈錄，詩）。生死悲歡盡隨他去，詩人斟酌審度，自然會「從自然到人間，而歸趨於自己的心路」了。

就「歸清眞」這個理想而言，「我只想希冀在那一點單純上，也許對於渾噩浮生更能認識自己，和我自己接近。」（單純的偉大，散文），先求認識自己，接近自己，成爲自己，而後「把自己豁出去，就在這瞬間，你將成爲一個沒有劇情，沒有對白，沒有動作的角色。」（角色，散文詩）。既然沒有「劇情」，便不受支配；沒有「對白」，也就不生嗔念；沒有「動作」，更可免於虛妄——只是一片淸眞，這便是詩人經過近五十年「時而笑談於孔孟之座右，時而冥思於老莊之堂奧。曾經尋覓於少陵泥巷，爛醉於淵明菊圃」（「面壁賦」自序）的詩文歷程後，所標舉的一個境界吧！

當然，返樸拙的努力乃是歸清眞的必要條件，從「認識」自己、「接近」自己到「成爲」自己的這個過程，正是詩人爲返求樸拙所做的「面壁」工夫，宜其「面壁竟無語」；從「捨棄」自己，「丢落」自己，到重行「種植」自己的又一個過程，則是詩人爲歸回清眞所做的「拈花」準備，亦就「拈花或有言」了。

四

「面壁竟無語，拈花或有言」，這是禪師石樹和尚的偈，同時也可以說是詩人羊令野在其詩文心路上求取明覺的歸趣。以杜甫志事，詩人在他的卅年軍旅生活中，「猛志逸四海，騫翮思遠道」，憂國之心未嘗稍減；秉陶潛性靈，詩人在他「晚投戈」後，面對芝山岩壁，「隨心所欲，從吾所好」。其樸拙之志，溢乎詩文，其清眞之情了無罣礙。詩人面壁無語，不爲物役，猶似磐石；拈花有言，坦蕩瀟灑，亦如清流，乃就造就出了他自己在中國現代詩壇上，一個不凋的面貌，正像一面風華偉烈的旗幟，一方面擊出「風塵三尺劍，社稷一戎衣」的金聲玉振，一方面也飄散着「興來每獨往，勝事空自知」的冷寂幽香！

但最令我們驚極而喜，喜極而敬的，還是詩人在他的詩和文中「讓我面壁，爲爾拈花」的大愛。而這種大愛透過無形的心靈、有形的文字，所發散出來的正是詩人煦然的光與熱。

——七十年六月六日民衆日報副刊

自死灰裡揚播生命的烈火

——讀介趙滋蕃「半下流社會」

一

在一個動盪的時代中，生活無疑是火辣的見證。愛憎不容偏頗，眞僞不容混淆，可說是人盡皆知的定理，然而愛憎難明，眞僞不分，在血淋淋的現實中浮滾着的人，又何以從善辨惡，隨愛棄憎呢？我們常常自認爲不偏於憎愛，而其結果是沒有眞愛眞憎，常自以爲瞭然於善惡，而其終極是偏違了大善大惡。「用力氣養活一口氣」，何等辛苦？以智慧辨識明暗，又是何等不易？有一天我們過盡千山涉盡萬水，驀然回首，對蒼然天地，恐怕仍無以自解吧！——那種痛苦而痲木的感覺，的確眞如一堆「死灰」。

但生命是冷靜的，當它面臨折磨考驗，在苦痛的歷練裏，要像一粒不死的種籽，追尋紮根的泥土；藝術是圓熟的，當它面對血淚愛憎，在模糊暗鬱中，會像一道亮粲的火花，向暗夜長空劃出希望！如果生活只是義務，則生命必是權利，我們在不由自主的現實中有權利勾勒自己生命的軌跡；如果生活只是收受，則藝術乃是給予，我們在人間的愛恨生死中，當以更明晰的智慧創作出時代的心聲。

「寫吧！堅固那剩下將要衰微的；穩定那失望將要墮落的，我還有一枝禿筆！」這是一個有責任感的創作者必得堅持的定見，更是一個自灰黯世紀中醒轉過來的藝術工作者理應擁抱的信念——在死灰裏揚播生命的烈火！

二

「半下流社會」是趙滋蕃先生的處女作，寫於民國四十二年，經過二十七年的歷史考驗和時間汰擇，仍能屹立不搖，行銷超過二十八版，其普受歡迎可見一斑。這部小說成於作者困頓流離之際，而能括約人心，不爲時空所限，殆非偶然。

其主要原因當然如同作者云：「有堅實充盈的生活做底子」，「不必借別人的光來照亮自己，而是靠自己的生命，來證實自己的存在，因此讀來比較眞摯而獨特。」(見作者第二十四版序)；其次則是此書純由生命換來，而「凡用生命換來的，都叫做傑作」(同前引)，作者以眞實的生活爲藍圖，以生命的血淚爲筆墨，一字一淚，自然彌見其眞，令人感動。

但除了感動，除了作者引用的生活素材和生命經驗以外，作者之能够在沉鬱悲涼中揚播以生命的烈火，應該更爲重要。細按「半下流社會」全書章節，其素材固屬五〇年代初期「知識難民」昂亢不屈的特殊生活，其經驗也不避年少氣壯的生命理想的揭櫫與表露，而作者力能自特殊素材中提煉人間生活的共通本質，在個人經驗裏直指生命歷史的相同架構，且迸放出生生不息的光和熱，恐怕是此書歷久彌新，沉而後雄的基石所在吧！

全書以酸秀才臨死前寫在血塊凝斑的報紙上的話：「勿爲死者流淚，請爲生者悲哀！」爲引，其沉痛悲憫之情，溢乎言表，可說是嚴酷無情的生活眞相，也可說是至情洋溢的生命意義，更概括了全書的主要精神所在。從此出發，我們面對的是作者所忠實記錄下，五〇年代逃難知識份子的希望與幻滅，追求和獻身。

故事也以多病的酸秀才爲始，「天是棺材蓋，地是棺材底；喊聲時辰至，總在棺材裏。」酸秀才口中的唸唸有詞，似乎是作者有意無意間爲本書勾繪的底色，在蒼茫中浮現的是三分無奈七分生不帶來死不帶去的曠達；結於二位女主角，代表純潔、柔順的令嫻與代表青春、艷麗的李曼的同時出殯，王亮在兩位女主角不同的期許、相同的愛裏，決定了「爲愛，我應當活在生與死之間。」「活下去，以更酸辛的工作，來銷蝕我的生命」……整個情節鋪衍，曲盡「半下流社會」的發展和抗鬪。全書的調子是悲凉的，以生活重擔的壓迫爲經，以生命的掙扎爲緯，交織浮凸，讓我們在悲凉蒼茫的氣氛中，體會到一股逼人心弦的生命的莊嚴和活力。

所以當我們看到鄭風無緣無故被人揍死，張輝遠爬伏在冷屍旁，寫下遺書，跳海自殺，自然震慄冷酷的時代厄逼的生命；當我們讀到數學講師張弓，哲學助教麥浪爲了賺錢貼補酸秀才療養費用，而低頭雜在送葬行列中，木然做「南郭先生」時，也必然此心沉重，兩眶微濕；我們知道陰陽怪氣的胡百熙如何替自己的老婆拉皮條時，何嘗不感憤恨？老道友打拱作揖，討人煙槍水，要自己的兒子纏白布，跪求討棺板錢，供其花用時，又何等令人羞慚難過！諸如這些，正是善與惡的交迫，罪與罰的凌遲。而人性畢竟是脆弱的，在與現實人生硬挺的過程中，有人退卻妥協，有人死命不屈；時代是無情的，象徵着背負一切貧窮和不幸的「半下流社會」的美醜善惡，的確教人憮然長歎！

然而撇開這些，撇開作者巧妙筆法下的故事敍述，我們仍然面對了一顆「良心」的敖桀不屈。那就是王亮，做爲「半下流社會」領導者的心路歷程，一樣有恨有愛，一樣必須低頭於生活，但王亮的坦蕩和頑強，則使他的生命更爲堅強，更震撼於讀者，書末描寫王亮在令嫻和李曼死後的抉擇，「活在生與死之間」悲壯地走下去，爲教育第二代新人而堅強地活下去，獻身下去。如此光熱，在全書的悲涼氛圍中乃就更形亮粲了！

當然，作者憑藉其雄渾才氣，一口氣逼成的這部「半下流社會」，其激情昂揚，其感悟沉潛，自爲定論，則小說的微疵，諸如敍議的稍嫌偏重，感情的大膽直述，與部份篇章之未能照顧社會層面，亦屬難免。但小疵不掩大德，「半下流社會」能成名於五〇年代，而猶不輟於八〇年代，是作者理當擁有的榮譽，而此書入選韓國「世界小說選」，不僅是作者的實至名歸，也證明了人性和藝術的世界性。

三

晚近的文學思潮，自六〇年代前後的現代主義再歸復於民族與人性的寫實，乃勢之必然；不管哪一時代，文學與現實的瓜葛因緣，亦屬不可逃遁。文學的可貴，端在於它的表現時代，反映人生，但這種表現和反映是自然的，絕不可強制爲之。「半下流社會」成於現代主義盛行之前，歷其洪流而不摧折，足可說明寫實主義是不被淹沒的。

而這本書，正好也在其爲生命眞理發放光芒之餘，又爲我們指陳了文學藝術的不死不滅。從生命和現實的抗鬪中，我們折服於作者的「在死灰裏重新揚起生命底烈火」（引內文頁二一三）而能有所惕奮；在作者的藝術技巧和寫作精神上，則本書更呈現了寫實主義的面貌和精髓，值得有志於文學創作的朋友細讀。

最後願引作者書後附錄『我爲什麼寫「半下流社會」？』一文所言作結：「活比死困難！而人生在最沒有人性的時代，茁壯地抽出嫩芽；火中湧現出紅蓮，卻象徵了人類的希望！寫吧！爲人性而寫，爲犧牲而寫，這原是一樁歷史的事業。」

——六十九年五月十日民衆日報副刊

雨絲點點涉激流

——讀介陳煌散文集「長卷」

一

散文在文學創作的園地中是較爲繁複多變的。或以說理出之，其理明銳而其辭犀利；或以敍述爲經，其事井陳而其文蔚然；或出以情采，其情悱惻而其文纏綿；或力爲藻飾，其詞華艷而其境濃麗；或以諧謔爲能事，通篇引人噴飯；或以幽默爲旨趣，闔卷直入人心……其體制不一，紛然並陳，乃就更能容許創作者多所發揮，爲散文造出繁盛壯麗的景觀。

但如果仔細考究，散文創作其實大別爲二種可矣。其一是主智的，創作者以閱歷爲基礎，一管在握，可以說天道地，談經論理，或爲嚴肅之討論，或爲諧謔之引發，都能爲我們多開一扇門窗；另一則是重情的，創作者以性靈爲本源，彩筆存心，善於感應外物，觸景生情，或爲低徊宛轉之傾訴，或爲慷慨激昂之悲歌，也都能爲我們多闢一道活水。前者世故練達皆文章，大概碩儒和文壇前輩皆嫻於用之；後者驚鴻游龍着性情，則一般青年作家泰半優於爲之。

人情練達與驚鴻游龍其實並無分軒輊。知性獨塑，固見其學養渾融，無罣無礙；感性高標，又何嘗不能見其性情眞率，潛力深厚。主智之文，如寒梅綻雪則佳，若如老婦裹腳之布則徒令人掩鼻；重情之文，能如雨絲點滴，緜貫而下則佳，如其驅馳無度，晴時多雲偶雨，則勢爲人所棄。要在於作者才情是否力能爲之，如爲梅花，應能於寒雪中怒綻；若是雨絲，也要點點不歇，直涉激流！

二

陳煌散文集「長卷」，六十八年七月由慧龍文化公司出版，收輯作者前此三年間作品計三十八篇（依目錄），分「第一卷」、「第二卷」兩卷，可說是一本重情的散文集。

作者自認「年輕」，而「年輕的好處，就是連心事裏的一點秘密——憂愁，也敢寫，寫了，卻又懊悔不止。如此的錯誤，竟而一犯再犯。我是藏不住心事的人。」（見後記），準此，在這本「長卷」中所展示出來的，也就是善於感應外物的少年心事吧。

因爲善於感應外物，故在第一卷中，菊、蓮、屋、鳥可以成「們」，鏡、窗、蝶、巷皆能「說」，湖、酒、蝶、樓也可「畫」，林、衣、琴、海不難「聽」……另如「給我一城燈火」、「永遠的黑眼珠」、「破鏡」……也都能渲染爲之，鋪排成文；因爲緣於「心事」，故在第二卷中，乃有「不安的感覺」「聲聲慢」「秋樹的種種」諸文，也方能有「我孤立成一株樹」「你在彼端」「旅路迢迢」「帶一片秋海棠的相思旅行」一類的情性文章。光從題目來看，已給人一種「榮曜秋菊，華茂春松」的感覺了。

這種題目的安排和塑造，同時也顯示了作者的散文風格，傾向於自鑄新詞，以新奇的文字組合與特異的遣詞造句表達意趣。諸如「屋們有許多眼睛，日夜睜着，睜着怎麼樣也收不回來的視線」（屋們）、「那些帶着濃重灰色的屋脊從小巷的兩側，如翅翼似的開展過去」（說巷）、「夜，極嚴重地繁殖着，並且，在我窄窄的屋裏滋長」（聽夜）、「街子很窄，一窄，就熱鬧起來」（菜市場）……等，不勝枚舉，可見一斑。

由於文字組合與新詞別鑄，也使其散文傾向於意象的塑造，而意象之塑造及其頻仍出現，又使其散文風格趨向於詩的「外緣表現」（指藉詩的表現方式，如象徵、隱喻、詞性混用等技巧，以求散文風格之呈現者）。作者在後記中也承認：「我的朋友說過，我有意把詩的表現加諸在散文風格裏。不錯。的確，我嘗試了，但嘗試的結果並不代表完全合理或成就。」就這點來說，詩與散文的媒合其實正是「新散文」的趨勢（楊牧謂之「現代散文」），作者嘗試爲之，正可說明其前衞精神，優劣或仍無定論，但其精神無疑是可感的。

在第二卷中，比較上「詩的表現更形易見」（作者後記）「和本書前半部的作品是有一段距離的」，這兩句話不妨看成是作者嘗試「新散文」初步階段的結果。感情過於濃烈，未能加以冷靜處理，是第二卷的一個缺點，另外，或許由於寫作之際，作者人在軍伍，匆促成章，其思想仍未過濾沉澱，亦嫌粗糙。如此雖伴以詩技巧的運用，反而容易形成文思晦澀，主題未能突出的弊病。但如視之爲作者嘗試階段的努力，則正好爲其第一卷作品的成熟提供了基礎。

第一卷計廿五篇，去除作者後記中說明的「諦聽幾疊灘聲」之後三篇，餘廿二篇，可以清楚地看到陳煌的位置——他的散文功力和潛力，皆集結於深刻的思想上。經過深刻的思考和敏銳的感應，增加了散文的質感，達到作者「思想和技巧並存在作品中」的要求。而這種知感並融，情理同見的達成，主要由於：一、作者眼界放開，不再執着於一己私情。因其眼界放開，乃能抒寫物我之情。如「菊們」、「說鏡」、「畫湖」、「聽林」、「那鴿」、「看荷」、「水果攤」等篇，都能在訴說一己之情中，寓蘊對人物事理之見解，並啟發讀者以更廣的聯想。二、文字駕馭能力增強，詩的語言已經過轉化，不致反賓爲主。如「那時，黃昏的手正遞給我，一眼煙波。」（長卷）、「我寄信由巷口回來，在轉彎處的人家牆上，看着還有一束花開得好焦急。」（傾聽）等，已能善用詩的表現技巧，畫龍點睛，使散文之語法更形活潑生動，並成爲作者之散文所以深具「魅力」的主要原因。

總結言之，陳煌在「長卷」一書中，無疑地已表露了他潛力深沉的散文功力，這種功力大抵表現在作者善於感應外物、文字運用新奇、意趣深夐、意象塑造頻仍及其思想深刻諸點之上；而其隨之而來的缺點也是相對的，一、部份篇章因感悟不深而偏於濫情，二、文字運用有時過於怪異，或因誤用而至違離文章之原意，三、部份篇章之意趣枯竭，有「強說愁情」之虞，四、意象之掌握仍未能充裕處理，五、思想與情感之妥善融合仍有待琢磨。好在這些缺點大抵都關係到閱歷經驗，只要陳煌繼續寫作下去，假以時日，必能有所突破。

三

「長卷」扉頁題有「點點滴滴如雨絲／痴痴狂狂若激流」之對句，可說是作者對全書風格、內容之總括的說明，卻也不妨看成是陳煌對散文創作所抱持的態度。

點點滴滴，正足以說明散文，甚至一切文學創作，皆由作者憑其恒心毅力，不斷累積情智，形成氣象；痴痴狂狂，則可見陳煌，乃至一切文學創作者，刮骨迫肌，追求文學理想的狂熱與執着。就陳煌來說，「長卷」不過是他文學之旅中的一個小站，「意味着一個過程，而我勢必經歷這一過程，更艱苦更肯求自己。」（長卷後記）以此書所洋溢的才情和慧思做為基點，陳煌的下一步是更爲重要的；以點滴的情智累積和痴狂的執着堅毅做爲原動力，陳煌將如何形塑其風格則更形重要。

雨絲點點涉激流，閱罷長卷，我們有理由期待陳煌：在雨絲過後展現出亮麗的晴空，在涉過激流後，為我們指引出他所「佔據」的一片原野來！

——六十九年六月九日新生報五版「生活教育倫理」版

愛心的傳遞

——讀介張默散文集「雪泥與河燈」

「雪泥與河燈」由中華日報印行，是詩人張默三十年寫作生涯中的第一本散文集，全書收「最先與最後」等散文計廿八篇，洛夫等序四篇，連作者後記，厚二二五頁。依作者後記所言，除了「最先與最後」直陳其處事作風，「晴又小雨」記述其千金生活趣聞，其他各篇「均係懷憶鄉土之作」。

以懷憶鄉土爲內容，能在不到半年期間內（自去年八月下旬至十二月）陸續寫出十餘萬字，可見張默下筆之快，衝勁之強，而支持他寫下這些篇章的泉源，主要「歸功於少年時代故鄉農村社會對我巨大的震撼」（見「後記」），這種震撼通過作者醇而益濃的感情、別出心裁的筆法，使我們也能從他的文字裏感受到重新浮凸出來的大陸山河，在他的墨香中體會到親切的鄉野氣息，並使我們多看到一條散文寫作的新路，爲我們多開了一扇散文世界的大窗！

從寫作體例來看，張默的這本散文集是十分獨特的。一如書名「雪泥與河燈」。每篇題目都是兩種不同意象的巧妙聯結，如「蒼髮與跫音」、「酒罎與垂柳」、「舞踊與柳聲」……等，每篇之內又有小題，小題也是各相對稱，如「紡車與楓葉」一文中之「紡車，老祖母的手勢」、「垂釣，假期裏的雅集」、「楓葉，詩經上的逗點」，相互比照下，見得出張默的匠心獨運，乃是以「計畫寫作」爲腹稿，再加鋪陳。如此鋪陳方式，其優點是，單篇發表時，頗能吸引讀者閱讀，並給讀者以新的啟發，美麗的驚嘆；結集爲書時，又能前後串連，結成宏構，給讀者以震撼，並讓讀者有所掌握。而其缺點可能就是，排比完整，卻使生機稍澀；寫作方式相當，恐怕也容易使讀者生膩。

當然這只是形式上的討論，如從內容上來說，則這本集子無疑是年來散文創作中難得的佳構。張默在「後記」裏自述其信心所在：「像我這樣一口氣，於短短數日內，完全以三四十年代我國的農村社會爲靶心，抒發一己十分十分濃郁的鄉愁，而且遣詞造句，土頭土腦，極端口語化、個人化，似乎並不多見。如果讀者想看看那個時代的農業小社會，似乎可以從拙作中找到一些蛛絲馬跡。」其實不只如此，作者在抒發濃郁鄉情時，也用文字記述了很多已經或逐漸消失的鄉土事物，如私塾、雪夜梆聲、磨硯池、磨坊、紡車、葫蘆瓢、青石板街、貨郎挑子……等，不管是否熟悉，都是最中國的、最鄉土的，它們的光芒曾經輝照過，在張默筆下又重新來到我們的夢裏；而在遣詞造句上，土頭土腦固爲其一，但現代詩句法的清新不流俗，則相互救濟，並成爲自有「張默風」的獨特文風，如「農村在霞光的拍擊下，顯得更安謐了，也更神秘了」（放牛與玩牛）、「我們大家都噗嗤地笑了，那廣大的一片田疇裏所有的二稻芽子也都同時噗嗤地笑了……（二稻芽子）、「是誰在踩着天空！是誰在踩着雪夜！是誰在敲着沉重的梆擊！」（雪夜梆聲）……這種愚智同源的文字組合，的確都展現了十分迷人的魅力。

而使這些鄉土事物鮮活，使這些亦工亦拙的文字生動的，應屬張默的愛心——也就是他的鄉土情懷。張默自稱，他寫葫蘆瓢、棉花店、獨輪車……這一系列作品「不僅是寫我對這些事物的回憶與經驗，而是把一己的愛心也寫進去」，以技巧描述事物，藉愛心勾勒情懷，遂使這本集子更爲親切感人。他寫思念母親，不從自己的心情寫起，而用兩位女兒的「好奇的語氣」點出；寫放牛經驗，還能調侃牛幾句「我雖然幼年時代與水牛爲伍了一陣子，但深深悔恨自己的道行不够，未能吸取牛的厚黑學於萬一」，諸如此類，幾乎每章每節都隨處可見。沒有眞摯的愛心是不可能如此爲之的。

如果這本「雪泥與河燈」猶有缺陷，那應該是張默在「極度驚喜與焦慮的情況下誕生的」某些篇章稍嫌不够清淨，文字上也有待琢磨。但話說回來，以張默「率眞而耿直」（洛夫語）的個性，如此表現，或許恰如其份，而且也更能情眞。平易中見其眞性，直率裏見其深致，對部份慣以矯揉做作爲能事的散文，未始不是一大借鑑。

懷鄉憶舊之情，人皆有之，擁抱鄉土的慾望也是我們生來所俱有，藉文字和感情加以記錄抒寫，則不僅是情緒的疏洩，且還是愛心的傳遞。

以「雪泥與河燈」來說，張默做到了這一點。在題材上，他只寫了二三十年代安徽故鄉的童年舊事，範圍有限，經驗是個人的，但由於愛心的輻射，他寫的其實就是整個中國，所有中國人的童年與心情；在技巧上，他運用了現代詩語法，摻雜以個人的語言習慣，文字特殊，傳達上似乎有所隔閡，卻由於他的毫無做作，直爽率眞，使文字的功能超越了習俗規範而能深入人心；在精神上，則由於貫串全書的情懷直指向人類追求根與土的本性，更使本書的價値超過了作者個人的鄉情舊憶，在時間的甬道和人性的永恒中發放着不絕的光芒。

誠如書名「雪泥與河燈」，這本散文集一方面在題材選擇上猶似雪泥上的鴻爪，經過時光的沉澱，這些鴻爪般的陳年事物也許會漸漸消失，但留過的跡痕，透過作者的文字，則將長駐在讀者心中；另方面在懷鄉憶舊之精神延續上，這本散文集也是一盏隨時光之流載奔而去的河燈，不管人世如何變遷，世界如何更易，時間愈久，這種情懷將愈形燦亮，更爲感人！

——六十九年九月十三日中華日報副刊

鄉音已老，情愛長青

——讀介蕭蕭散文集「穿內褲的旗手」

一

三十多年來，臺灣在不斷發展中，從未開發逐漸走向開發的歷程，是十分顯著的。而在此一發展歷程中的社會環境，也隨之有了頗大的轉變，特別是農村，更面臨了轉型的諸多問題——從早期的努力生產，至中期的滋養工業，以至如今的萎縮凋零，事實上已與原來的形貌截然有異：農業生產流於「家庭手工業」，無以餬口，勉強支撐；農村子弟成爲都市或加工區中的「流動人口」，離鄉背井，流蕩在外；良田被建築業炒成旱地，廢耕日多，景觀日變，早年的聚落也因公路的拓寬逐漸模糊、衰敗……這種種或良性或惡性的改變，就社會進程來說，或許是必然的現象，就農村本身的需要言，恐怕也是不得不然的趨勢。

但是，對三十多年來在這塊土地上長成的一代來說，他們大半是在農村的搖籃裏受撫育，在農村的香火中受薰陶，如今又大半已離開餵育他們的農村（或生活在已不再是農村的市鎮中），對所有農村的轉變自然是「於心有戚戚焉」的。那些曾經熟悉，而今已難再得的農村情景，那些過去備感艱苦，而今常縈夢中的農村生活，那些存在記憶中，與今大不相同的兒時經驗，在在都使業已「而立」的青年產生了一種悲喜情懷，使他們在自立新傳統的初步，一方面對更有希望的未來產生喜悅與徬徨，一方面也更對昔時生活興起了懷念、回憶、惆悵與感悟的心情。

展現在這一代的文學創作上，從而也就異於四十年代的戰鬪及懷鄉，五六十年代的虛無及超現實，而是有自覺的、懷抱感激的、對鄉土及自身兩皆蛻化歷程的探討——它可能是七十年代鄉土文學的傳衍，卻又不同於以關懷現實爲宗的鄉土文學——在總結過去而不迷戀往昔的情態下，我們不妨姑稱其爲「回憶文學」。

題材是農村經驗及其轉化過程，筆法是敍事而又彷如「說書」的方式，其意義則是提出過去經驗而同時呈現今日經驗並加以整合的這種「回憶文學」，或許將是今後數年間的一種文學面貌吧！

二

今年植樹節由蓬萊出版社出版的蕭蕭散文集「穿內褲的旗手——朝興村雜記」，正是做爲「回憶文學」而值得我們探討的一個最佳取樣。

「穿內褲的旗手」全書計收錄廿八篇或長或短的散文，從卷頭介紹性質的「朝興村」到壓卷「田間路十二篇」的總結詠歎，內容或懷故人憶童年，或說昔時念舊事，全部環繞在作者生長的鄉村——朝興村——來發揮，正如蕭蕭在書前「獻辭」所說：「三十五年來，時代、社會、父母、親友，給了我生命以及生命之所需，我謹以全然感謝的心，錄記成長過程的歡笑與辛酸。」又如「後記」所言：「每每含淚寫成『朝興村雜記』裏的篇章，童年的苦痛，成長的艱辛，一次又一次翻湧到眼前……一點一滴，我仔細去拾取、去憶記。」由此可知作者「含淚寫成」這本書時，對於自身成長及農村經驗的去取與苦心，而其爲「回憶文學」也就是理有必然了。

然而，「穿內褲的旗手」這本書，如果只是蕭蕭對個人童年及其生長農村的迷戀，則一切回憶反而容易陷入濫情的泥沼中，而其苦心也將化爲烏有——好在蕭蕭的冷靜，並沒有使他把朝興村只當成朝興村，在本書卷頭文「朝興村」一文中他一開頭就強調：「朝興村是一個典型的臺灣農村……近三十年來，朝興村有了生活上顯著的變遷，這樣的變遷，有値得欣喜的一面，也有令人惋惜、讓人懷念的一面。」在如此的心態下，蕭蕭筆下所描繪的農村面貌、生活形態及其童年回憶，也就輻射了三十多年來所有臺灣農村的眞象、及農村子弟隱藏在心的悲喜。

事實也是，我們翻閱這本「穿內褲的旗手」時，透過蕭蕭質樸而眞摯的語言，似乎也重新面對了當年鄉間的情景，重新反芻一次童年的滋味，在路邊買芋仔冰、賭「天霸王」、踩踏蘿蔔、看布袋戲、滾鐵環、看漫畫、吃鍋巴、摸蝌仔……這些四五十年代臺灣農村兒童的休閒生活，都是我們耳熟能詳的，加上作者善於使用「機鋒」，諧語偶出，以及適當使用了不少閩南方言，讀來既感親切，也倍覺有趣。

而這些題材，是所有從那一段日子中生活過來的這一代青年共同的經驗，它們出現在朝與村，也同樣是宜蘭、鹿谷、六龜或其他臺灣農村所擁有——那是四五十年代臺灣農村的共相，同時又是四五十年代臺灣農村中特屬於朝與村、蕭蕭的殊相。就其共相，蕭蕭寫下的是臺灣農村的型變；就其殊相，蕭蕭也寫出了出自農村、而今在都市中「討生活」的青年對今日農村的感悟。

這種感悟透露出了：悲與喜、今與昔、城與鄉、憶與望的諸多交集，而這些觸發感悟的農村舊事及童時舊夢，又全部結爲一個聯集，在「穿內褲的旗手」書裏，集中於鄉音及情愛的牽繫上。

因此，當我們讀到蕭蕭的「家的結構」：

我們家的屋頂是用稻草鋪成的，稻草曬乾以後，切成適當的長度，一小細一小細地紮起來，然後再以較長的竹篾片夾緊，從前後屋簷一層一層覆蓋上去，固定在屋脊上。

對殘破的茅屋，以冷靜的筆調來描寫，就愈見其悲了。而這種悲，反更使家甜蜜而溫馨——「每次走過臺北街頭，抬頭望著那麼高的大厦，我相信，這是比朝與村更完固的家的結構，我相信，住在裏面的任何一家人也應該有著比我們更堅毅的家的精神結構。」陋屋之悲、親情之喜；

昔日之苦、今日之樂；鄉土之憶、都市之望……這種種複雜感情，出之於不怨不嗔的筆調，表達出來的是如何寬廣的心境！

諸如這種在悲喜中比對今昔城鄉，有回憶有希望的篇章，書中甚多，如「天霸王」一文談鄉村之賭、兒童之賭，如「工讀生涯」一文述作者個人求學苦樂，如「鵝黃與牛糞」一文說顏色，如「天空的嚮往」一文比對城鄉的天空與環境，又如「穿內褲的旗手」一文寫作者童年及其愛子對內褲要求的不同……通過比對與鑑照，蕭蕭成功地表達了他對三十多年來社會環境演變的感悟。

而此一感悟，是從蕭蕭對情愛的感念來的。通觀「穿內褲的旗手」一書，浮凸出來的只是一個「愛」字。不管是親情的描寫，或友情的敍述，乃至於鄉里、家國之情的詠歎，都深刻地表露出了蕭蕭相對的愛意，其中又以親情及鄉情爲蕭蕭所長。蕭蕭對他的祖母的縈念在書中佔有頗重的份量，在「紀念祖母」一文中，蕭蕭的祖母罵他時總用「你這個大尾烏魚」，這種「愛憐的成份多些」的責備話，深刻地刻劃出祖孫的親情，「田間路十二篇」中首篇「子時．寒窗」也是寫祖母的，且看蕭蕭怎樣描繪祖孫倆的依偎之情？

相對於窗外的寂寥，祖母在的日子，我的苦讀其實充滿了溫馨。

祖母可是矛盾的人，她會一直催我趕快去睡，又記掛着這個憨孫子不知道讀通了沒有？我也是矛盾的人，一面讀書一面催祖母去睡，可是又怕從竹篾的縫隙裏發出來的怪聲。「就這一頁，讀好這一頁就睡！」每天晚上總要重覆這兩句話，不是祖母說的，就是我說。

這樣簡潔俐落而深沉有致的刻劃，看似平淡卻句句血淚；蕭蕭寫父子之情也是，在「田間路」次篇「丑時·夜巡」中，他寫自己不顧風寒跟着父親去「巡田水」，回來後「祖母和媽媽早燒好一大鍋水，讓我浸泡，我按按腳掌，好像已失去感覺，爸爸則早就擦好手腳，喝他的熱茶去了」，這時祖母問他「敢講要擱去嗎？」

我不知怎麼回答，只能問祖母：「爸爸也能不去嗎？」

至於師友之情的敍述則集中在「工讀生涯」這篇文章中，蕭蕭敍述他考取大學後，爲籌措學費，老師帶着他到員林鎭募捐的辛酸，上了大學後如何工讀，以及同學如何幫他忙的種種情況——蕭蕭在此書出版紀念會上有同樣的「口頭報告」，聽來已令人鼻酸，讀來更使人長歎；至於對鄉里、家國之情的詠歎，則正是本書的題旨所在，其中以「穿內褲的旗手」堪爲代表之作：

每次望着冉冉上升的國旗，我總想問：國旗，您還認得這麼一個穿內褲的旗手嗎？在朝興村，一直昂然的立姿不能掩住臉上的羞澀，曾經那樣虔誠地將您升上藍空，那樣虔誠地仰望着您，祈求一個夢的實現！

與對情愛的感念相輝映的，在「穿內褲的旗手」這本集子中，厥爲蕭蕭對閩南鄉音的掌握。蕭蕭在「烏魯木齊」一文中專論鄉音，依其文末對鄉土小說作家常寫「三字經」以示「鄉野的眞實感」的微詞，想必是有感而發。他談「烏魯木齊」，認爲「臺灣話眞的是詩」，以「凌遲」之示「折磨」爲例，凌遲在古代爲極刑之名，一進臺語卻成動詞，「我喜歡這種仁心，這種轉化——其實這種轉化在閩南語用法中隨處皆是，以與罪刑有關者言，閩南語中有所謂「刑虐」，並非指惡法暴政，而是意味「過份」，刑虐本是動名詞，一入閩南語，則轉化爲形容詞。「刑虐」與「凌遲」的關係大約類似卻又不同，不妨在此造個「例句」說明：

你這個人哪會這哩『刑虐』，一日到閣攏在『凌遲』別人！

閩南語之「高尚優雅，有非庸俗之所能知」（連雅堂「臺灣語典」序）於此可證。

然而臺灣話之中也率多「有音無字」之語，在蕭蕭這本書中大半以國語注音書之，如在「竈」一文中他寫打鐵人家的對聯：

若非昔日ㄎㄧㄣ ㄎㄨㄥ ㄎㄧㄤ

哪有今日ㄑㄧㄣ ㄉㄨㄥ ㄑㄧㄤ

「ㄎㄧㄣ ㄎㄨㄥ ㄎㄧㄤ」擬打鐵聲，「ㄑㄧㄣ ㄉㄨㄥ ㄑㄧㄤ」擬鑼鼓聲，這種狀聲字的確難尋，但非難寫，一般可以音似字代之，如蕭蕭在「朝興村」一文中形容老爺車走起路來「傾里匡郎」，就是很優秀而且十分貼切的狀聲字。以此爲出發，我們希望研究中國文學的蕭蕭，不要遇「有聲無字」而低頭，應該更鍥而不舍，在他對維持純正鄉音的抱負下，另起爐灶，以古籍及文字學爲支持，繼連雅堂之後，編出一本「臺灣新語典」來，則未嘗不是他在寫「穿內褲的旗手」之外的又一種收穫，也未嘗不是他對「朝興村」這塊土地的一種報答。

當然蕭蕭也有他誤寫鄉音的時候，如「阿ㄇㄚ」（祖母）可不注音，直寫「阿嬤」；「ㄧㄜ」（母親叫法之一種）亦可不注音，直寫「姨哦」（「哦」爲語助詞，閩南語中語助詞甚多），「牛糞色」（咖啡色）直用「牛屎色」爲宜……等，當然這些小疵並無損於蕭蕭爲「保持鄉音而努力」的抱負，然而如能求全，則更能使本書在鄉音的保存及發揚上有所裨益。

除了對情愛的感念及對鄉音的掌握外，值得一提的是，蕭蕭也在這本集子中適度地發揮了他的中文長才，他寫「鍋巴」可以直追「南史」中也有同好者的記載。在「摸蜊仔兼洗褲」文中，一開頭便先從中國文字趣味談起（如「裏」與「裡」可直寫橫寫，音義皆同；但「裏」與「裸」則音義兩皆相對），在「竈」一文中更通篇藉文字學說明——這種「文雅」又與他所使用的閩南鄉音相映成趣，構成了亦莊亦諧的獨特文體，也達到了語言上的特殊風格。

然而，這本書也不是沒有它的缺點，相對於蕭蕭對鄉音的掌握及對情愛的感念來看：在鄉音的掌握上仍有微疵已如前述；在情愛的感念上，由於蕭蕭使用敍事方式，在敍述親情時部份篇章仍難免流於概念化的白描，如「紀念祖母」一文開頭：

我有一個愛我的祖母。

想起祖母，就會有一大堆數不完的往事湧上心頭，往往不自覺掉下幾行清淚，尤其夜深人靜時。

這樣的開頭，雖然達到了質樸的效果，卻顯得懶散無力，應屬蕭蕭的敗筆。如果蕭蕭有意再把「朝興村雜記」寫下去，對於敘事方式似乎仍可多加斟酌，務使這類浮泛的告白不再出現，以他的功力，並非難事。

三

綜覽「穿內褲的旗手」一書，內容上它表達了三十多年來臺灣農村的型變，及新生代對此一型變的悲喜之情；形式上它以執着的鄉音獲得了題旨與風格的統一；而在情愛的感念下，它更宣示了蕭蕭——確切地說，所有三十年來生於斯長於斯的青年——對時代、社會、父母、親友與生命所懷抱的感激。我們從已老的鄉音裏，讀到的不是激切的吶喊，而是長青的情愛，那是上一代及我們這一代之間花與果、根與樹相依相存的親和，也是從質樸安詳的舊式農村過渡到競爭進步的工商社會的悲喜見證。

這樣的「回憶文學」不是感慨的、濫情的、執迷的念舊情緒，也不是強調矛盾的、吶喊的、激情的意識告白，它眞摯而理性地映現了三十多年來社會發展的眞象，也誠懇而自覺地表達了一個年輕人的感觸，並提出了對於現狀待修待改的忠告，以及對於未來更具希望的遠景。

這樣的「回憶文學」是鄉土文學論戰後的一個春訊，由此出發，我們樂於見到更多繁花碩果

在這塊土地上開放！

——七十一年八月廿日～廿一日臺灣日報副刊

憂鬱而冷靜的外野手

——讀介劉克襄散文集「旅次札記」

一

有人認爲觀鳥是一種逃避，也許是吧！在這個惡質而時時攪擾我們的世界裏，這一個似乎頗難爲我們所掌握的世界裏，觀鳥的確是一種逃避，逃避矯揉造作，返歸於眞璞。

這是一九〇八年生於美國的賞鳥名家羅格·托利·彼得森歸納他六十餘年賞鳥經驗的一個結論。對於自小學時代就參加賞鳥活動，一九七〇年籌備「鳥類指南」一書（此書至一九七〇年發行逾八十萬册），至今猶津津於賞鳥、畫鳥的美國「鳥學大家」來說，這句話勾勒出了他孤獨而怡然的「賞鳥觀」，也浮凸出了大多數人在渾噩世局中企求清明的心願：藉着賞鳥，或者其他活動，消極上逃避征伐爭鬪的人類社會，積極上進而尋求與大自然相擁抱的純一。

但是，對一九五七年生於臺灣多鳥的中部，到一九八〇年年末才在臺灣澎湖測天島與鳥結緣的劉克襄而言，彼得森的經驗論恐怕仍不完全適用於他。而身爲一個從現代詩出發的青年寫作者，劉克襄對於鳥所懷抱的心情，恐怕也和太平洋彼岸的彼得森有所不同吧？

我告訴朋友發現赤腹山雀時，朋友們都十分吃驚，因為見到赤腹山雀的機會越來越少了。……我翻遍了各地最新的鳥訊，沒有牠們的蹤跡。（赤腹山雀遷徙了？）

有些專家已開始呼籲，建立貓嶼保護區。呼籲歸呼籲，軍艦繼續砲轟貓嶼，漁民繼續撿拾鳥蛋。……像信天翁，一九三〇年代以後從臺灣海峽消失，燕鷗會在一九九〇年代結束前，遠離我們。（貓嶼的燕鷗）

擔心鶴滅絕的人，上一代的遠憂是這樣：形體太大，易遭獵人捕殺。每年僅產兩顆蛋，繁殖力薄弱。……三十年後的今天，自然而然，要附加一筆：環境污染的侵害。（鶴之旅）

這只是從劉克襄的九十七則「旅次札記」中隨手摘取的三則例子，從當中我們不難發現，異於彼得森的孤獨、怡然，劉克襄表現出來的「賞鳥觀」是憂鬱而冷靜的。

而這種憂鬱源於環境污染與生態的破壞，透過劉克襄冷靜的鳥類觀察輻射出來，它一方面既是一個年輕的業餘賞鳥者的筆記，同時更是一個新生代對於日漸嚴重的生態問題所提出的婉諷。劉克襄與賞鳥名家彼得森最大的不同，也在這裏。彼得森把賞鳥當成逃避社會環境，及尋求心性清明的走道；比這位大師年輕四十餘歲的臺灣青年劉克襄，則把賞鳥視如見證。在他的「旅次札記」中，我們隨時可以觸及的，不是一個賞鳥者的單純記錄，而是一個憂鬱青年對工業發展、都市化現象及人口成長所產生之公害、環境汚染與生態破壞的焦慮。以劉克襄的詩人身分來看，在他的視野裏，鳥或許只是一種象徵，他的望遠鏡頭對準的是天空，而出現在他的筆尖下的，則是影響天空的本源——站在大地上的人類。

劉克襄不是一個單純的賞鳥者。

二

劉克襄是一個冷靜的外野手。

從一九八〇年年末在澎湖測天島無意間發現黑鷺，激起賞鳥興緻，而開始賞鳥旅行，以至於一九八二年春天在翠峯做「最後的旅行」止，劉克襄在將近二年內，將他旅行經過的賞鳥經驗寫成了九十七則札記。就臺灣著名的賞鳥地區來說，他的足跡仍限於臺灣中部、澎湖海域、及其他地區有限的據點，他的賞鳥識見，比諸已有一二十年經驗者，可能不算豐富，也可能不够專精；就鳥學研究來說，他對於鳥類習性及知識的獲得，也大半有賴於專家和相關書物的補給。他與臺灣多數的賞鳥者一樣，都只能算是鳥學界的「外野手」，必須依賴長久的跋涉山川，偶爾出現的機緣，以及持之以恆的毅力，才能在觀察過程中獲得一些成績；但他與臺灣多數賞鳥者不一樣的是，他不只是一個外野手，他還能冷靜地把所有他經過的地方、他見過的鳥類加以深刻記錄，並以之爲素材，提出他對相關環境的批判。

這些記錄與批判，透過文學表達出來，是十分令人驚喜的。特別是在自然生態已爲國人所共同關注的今天，劉克襄以他對鳥類的感情，寫下冷靜的呼籲，一方面自然是想以鳥類所瀕臨的危機提醒人類關愛自然資源，另方面，又何嘗不是文學與社會相結合的一個最佳表現？

也因此，在「旅次札記」這一系列短札當中，劉克襄的鳥學知識深淺與否、觀察記錄是多是少……反倒不十分重要了，我們透過每一篇札記中所描繪的狀況或事件，經由劉克襄那獨具拙趣的文字，所感覺的是一個文學工作者——不，一個自然環境的憂心者——對於與我們切身問題的沉着探討、對於生態保護的熱切態度，我們玩味其趣、思索其理，也因之瞿然而驚：

總之越偏僻的地區越安全，我指的是包括人的生態環境。三十年後，如果你仍喜歡晨跑、早操這類活動，在城市裏跑跳，還是無法多活幾歲，這是專家的話。所以要學習鳥，趁地皮未漲前，趕快遷徙到郊區去。（港）

自從人發明種種有經濟價值的單純林相後，下面的土壤流失不管，上面的鳥却也跑光了。青背山雀能安然定身，值得研究。……也許在將來的某一天，我們會面臨如何生存於單調的環境。研究青背山雀，可以亡羊補牢。（棲息在杉林的青背山雀）

這裏，就是有名的大甲鷺鷥保護區。保護區？好名詞，所有的動物都該有，未來某一天，人也需要的。（大甲鷺鷥保護區）

> 濱湖的房子，眼看就要完工，整座湖卻已經死了，小白鷺不久也會遠離，這次冬季調查鳥類以來，水鳥一直出現在筆記本，只有這裏，同樣屬於山水交接的地帶，因爲樓房依濱湖而立，水鳥都走了。（寂靜的內湖）

諸如這些不經意的觸擊，都不只是鳥的噩運，其實也正提醒了我們人類即將面臨的危機。如果使用長篇敍述，可能會使讀者瞭解得更爲透徹；但是劉克襄卻採取札記方式，他把鏡類對準鳥，只在離開鳥的敍述時，順便掃瞄一下人世，這種「聲東擊西」的諷喻手法，反倒比詳述原委來得更令人震撼，更引人深思。

當然，這種寫作方法更切合劉克襄做爲一個「外野手」的身分，尤其是在他引用鳥學資料，比對今昔之際，倍爲可感。例如，他寫「白腹鰹鳥在臺史」，先從一九三〇前後，蘭嶼雅美族的勇士如何放舟，至小蘭嶼攀岩去抓食白腹鰹鳥談起，筆鋒一轉：「近十年來，赴蘭嶼調查的朋友，都未發現牠。好像是消失了。」最後是「目前雅美族的勇士也不會放舟，在小蘭嶼的岩壁攀爬了。」全文不過三百餘字，着墨不多，卻很深刻地描繪出了鳥類如何在人類的足跡下消失，也表達出了生態的自然演進是如此無奈，劉克襄並未譴責人類有何錯誤，顯然他也明白這是無可奈何的「進化」吧？

但相對的，同樣是今昔之比，對於人因漠視生態而致使部分鳥類瀕臨絕種的現象，劉克襄卻有深沉的抗議。例如在「從英國來的臺灣帝雉」一文中，他寫英國人如何在一九〇六年發現臺灣帝雉，如何又在一九一二年來臺設陷阱捕捉，送回英國繁殖，然而，「後來我們自己要保護帝雉了，多半再由英國送回來」，文字簡潔，反諷之義則甚深。他也直指「帝雉往昔的敵人是黃喉貂，黃喉貂近年已快絕跡，目前就是獵人、伐木工的捕食，促使他們日漸減少。」隨卽接上一段「一九六六年時，有名的紅皮書將帝雉列爲世界稀有種。」最後以「我去時又如何呢？望鄉是目前唯一的保護區」作結。這種比對看似冷靜，給讀者的震撼則力道十足，事實的排比，原來是比情感的宣訴更令人驚心的！

然則，這種關注態度及寫作手法，我們不一定非得把它強調成作者的使命感不可，如果仔細來看「旅次札記」，它倒更該是作者劉克襄的生命觀或生活態度，由此出發，作者以二十餘年來生於茲長於茲的身分，表達了他對鳥類、以至生態、人世的看法；也由此出發，作者刻意強調眞我的痕跡依稀可見。

隱藏於「旅次札記」諸篇文字背後的基調，其實是憂鬱的，對於臺灣現存十八目六十八科三百九十種鳥類存亡的擔心也好，對於都市化趨強下臺灣生態環境所受破壞的顧慮也好，甚至對於繁瑣人世的無奈也好，基本上都出自於劉克襄敏感而憂鬱的心性。

試看「旅次札記」最後兩篇作者如何表白？「我已經疲憊。疲憊是悲觀引發的。今晚返回城裏，我準備離開這種生活方式，畢竟這是脫離常軌的行爲。」（最後的旅行），「我走過海岸，海鳥四處飛起飛落，淒涼萬分。從去年秋末起旅行，望着他們一一歇腳過境，再至這時準備北返，岸鳥的一切只是為覓食、為遷徙而生存。……站在島的邊緣，最後所能觀照的剩下自己。……只有觀察鳥時，我才感覺安全。觀察人卻不行了，牽連太多，我恐懼。……田鷸返家，有路可循，我卻無去處。」（岸鳥心情）——以這兩篇與前面九十五篇札記比較，似乎是十分矛盾而不相諧的，然而透過作者的自白，大概可以印證劉克襄如何以憂鬱的情懷寫下這些看似冷靜的篇章。進一步說，劉克襄的詩人氣質，促使他在賞鳥之際也與鳥類「物我合一」了，他為鳥所做的呼籲，可能也就是他自己對於整個人世的呼籲。由此來看，也才可以瞭解：何以在冷靜的關注後，他竟會感到疲憊，並且依然悲觀，甚至於把賞鳥也看成是「脫離常軌的行為」了。

然而從另一個角度來說，把劉克襄的這種悲鬱視為反諷亦無不可，他以「畢竟這是脫軌的行為」做反語，乃更明示了社會依然漠視生態保護的重要，最少對曾經努力過、並盼進而促使公害與環境污染有所改變的他而言，在經過近兩年的旅行見聞後，已使他感到孤獨無力！

假使劉克襄眞已決定結束他的賞鳥旅次，自發的憂鬱該是最主要的原因。他原是從「關照自己」出發的，我們也沒有必要鼓勵他一定得走「關懷社會、擁抱鄉土」的路；但就「旅次札記」這一系列來看，由於他把自我與所觀察的鳥類融合為一體，遂使這些篇章在眞摯的態度下，不管就鳥類的危機，或就一個年輕人對於整個環境的恐懼感而言，都對臺灣目前的生態環境問題演出了一次漂亮的接殺！

只是，做為一個憂鬱的外野手，相對於田鷸，劉克襄眞的已無去處了嗎？

正好相反。「田鷸返家，有路可循」，外野手劉克襄的天空看似蒼茫，其實十分廣闊。

三

從「旅次札記」的寫作方式來看，這種以較特殊的專門知識為基礎，以集中、統一的筆調加以呈現，並能提出作者透過某一物象所表達的意見，而獲得普遍關注的寫作方式，是臺灣散文界過去所缺乏、而未來需加強的。劉克襄以他旺盛的求知及敏銳的感應，漂亮地走出的這條新散文的路子，仍有賴他不斷琢磨、費心經營。

從「旅次札記」的深遠意義上看，以新題材為內容，以社會環境為對象的這種散文，無疑地也將使我們的散文界，在談風花、說雪月或抒性靈、議物事之外，更添一道活水。異於一般作家對於特殊或專門事態（如生態環境、鳥類學、甚至醫學等）的浮淺見解，以劉克襄為首的這類散文，或許將是未來散文界的一股狂飆吧？劉克襄仍須走下去，也許是對於鳥類學知識的更專精吸收、更文學化舖陳，也許是就其它他有把握的特殊題材，重新出發，另闢草萊，不管如何，這是值得一探的路。在這樣一條路上，通過專門知識與文學技巧的結合，自我追尋與社會關懷的融通，這種新散文將會大放光芒。

不是只有憂鬱，劉克襄還是個十分冷靜的外野手，我們希望下一場仍能看到他漂亮的演出。

只要堅持下去，繼續前行，有一天劉克襄應該能踏在投手板上，投出強勁有力的球！如果那時他已換場成爲打擊者，那麼給我們看看全壘打吧，劉克襄，天空那麼大！

——七十二年一月十日臺灣時報副刊

不規不矩求規矩

——讀介阿盛散文集「行過急水溪」

一

晚清文學改革運動急先鋒黃遵憲（一八四八——一九〇五），在一百多年前（一八六八年）廿一歲時寫下了有名的「雜感」詩，主張「我手寫我口」，提倡用通俗語言入詩，反對盲目崇古，認爲「沿習甘剽盜」的中規中矩之作，勢將「妄造叢罪衍」。其中一段是這樣寫的：

我手寫吾口，古豈能拘牽？卽今流俗語，我若登簡編，五千年後人，驚爲古斕斑。

到了一八九一年他四十四歲擔任清朝駐英使館參贊時，更在出版「人境廬詩草」序中，明確地指出：

詩之外有事，詩之中有人。今之世異於古，今之人亦何必與古人同？其取材也……凡事名物名切於今者，皆采取而假借之；其述事也，舉今日之官書會典方言俗諺，以及古人未有之物，未闢之境，耳目所歷，皆筆而書之；其鍊格也，自曹鮑陶謝李杜韓蘇訖於晚近小家，不名一格，不專一體，要不失乎爲我之詩。誠如是，未必遽躋古人，其亦足以自立矣。

這種在藝術上力求擺脫舊有規矩，創造個人獨特風貌的努力，使黃遵憲成爲晚淸舊詩壇「獨立風雪中淸敎徒之一人」（晚年與丘煒萲書），也使他成爲茫茫詩國中「手闢新洲」的第一人（丘逢甲語）。

但由於黃遵憲雖打破舊詩內容的規矩，在形式上卻還是「遵循舊制」，侷限於舊體詩的範疇中求變，終於只好成爲結束三千年舊詩之局的「分號」，爲其後開創新詩局面的「旁逸斜出」、「舍大道而弗由」的胡適及其「詩國革命」做了奠基的準備。

儘管只是未獲結局的「分號」，然而就其做爲「舊詩國」與「新詩國」之間過渡的橋樑，黃遵憲的「不規不矩」，不願被舊有古意拘牽的精神，在文學創作及發展上，卻是一個重大的啟示——所有文學作品，當其發展圓熟，或已趨腐朽之際，都需要「不規不矩」的先覺創作者，從不斷改變、衍生的社會及生活中找尋活素材，來加以大破大敗，而後再自廢墟中引領後來者重建殿堂。

從此一啟示，來看比黃遵憲晚生九十八年（一九五〇）、廿九歲（一九七八）發表重要作品「廁所的故事」的阿盛，我們也不難發現：與時並進的生活中的「流俗語」對於沉悶而無所進展的文學，的確是一帖強心的良藥；其次，一個文學創作者「不失乎爲我」的風格的堅持，往往也會對他同時代的文學產生振奮的功能。

事實也是，一九七八年三月一日，阿盛在聯合報副刊發表他的「廁所的故事」後，立即引起文壇的矚目，遠在國外教書的詩人楊牧更特別於同月卅一日寫信給編者，謂：

> 阿盛先生的「廁所的故事」，眞是一篇上乘的散文，質朴敦厚的鄉土文學。現代散文在臺灣的大地上茁長，自有它堅強典麗的生命；語言在我們的生活中衍生成型，勢必擺脫不合用的種種規矩。臺灣人能講道地的北京話當然不錯，但總是帶點土土的鄉音講「臺灣國語」更令人着迷。

「擺脫不合用的種種規矩」，正是阿盛及其作品的重要特色。來自新營的阿盛以鄉下孩子的本性，運用自己熟悉的語言，汰擇生活中的素材，鮮明而活潑地給在臺灣發展的中國現代散文，注入了一股強勁有力的活水。他打破了過去散文界「呢儂軟語」的規矩、風花賞月的規矩，大刀潤斧，毫不自卑地選擇了鄉土俚俗的素材、的人物、的語言、的精神，猶如當年的黃遵憲一般，「我手寫吾口」地寫下了「不失乎爲我」的散文。規矩，豈爲阿盛而設？

二

阿盛有他自己的規矩。

從一九七七年冬在中國時報副刊發表「同學們」、一九七八年春在聯合副刊發表「廁所的故事」至今，六、七年來阿盛發表的散文，與其他同齡的散文作家相較委實不多，但卽使是在有數的篇章中，阿盛也強烈地表現了他與大多數風貌相近的作家不同的異質。阿盛的作品在整個當代散文界中，本身就是一個異數，他既未蒙上前行作家的影子，也未被同齡作家同化、蹈襲，而後來者就算想模倣他寫作的路數恐怕也不容易。對於這樣的阿盛，我們欣賞他的特異，也爲他的作品太少而扼腕。

作品太少，往往來自俗世生活的壓力太重，但有時也因爲創作者本身自律甚嚴，對一個題材經之營之，琢磨至久，方始完篇。阿盛的原因應屬後者，一方面，阿盛的文筆一開始就指向細瑣的人間，要在沙粒中淘洗珍珠何嘗容易？另方面，阿盛的異質的筆路，不管他是有意栽花或無心插柳，要在散文的殿堂中獨樹一幟，更必須嘔心瀝血、保持品質。而完篇較快的作家，多半不願冒險選擇這樣的題材及筆路。

從細瑣的人間俗世中掘取題材，正是阿盛與其他散文作家不同的異質之一。我們看阿盛寫同學、談廁所、說民俗、訴情愛，以至於爲人物「立傳」，皆從你我「司空見慣」中來。我們痲木的，他大書特書；我們淡忘的，他記憶鮮明；我們視如「舊事」的，他卻看成「新聞」——阿盛的眼睛、耳朵、鼻子、手腳、大腦與我們一樣，可是他的視覺、聽覺、嗅覺、觸覺和感覺，卻與我們不一樣——他專挑我們知道的寫，卻寫出了我們不知道的或未曾感覺到的「感覺」：

> 花甘妹上個月底升官當主任，她拉保險有一套，問她秘訣何在，她說最重要的是「皮厚」，這話使我們大吃一驚，在學校時，她的臉皮最嫩，男孩子找她說話，她就紅了臉……才短短幾個月，全變了，她公司離我住的地方很近，時常找我聊天，「物競天擇！」她說：「奮鬪才能成功！」一付出征殺敵的架勢。
>
> ——同學們

寥寥數語，一筆帶過，就把週遭人物的異變刻繪了出來；阿盛也擅於從俚俗中「挑骨頭」，「廁所的故事」從鄉下的「屎學」寫到都市的「馬桶」，平舖直敘，但不讓人「掩鼻」，卻令人「會心」：

我升上五年級，村長換了人……他出錢蓋了四棟公用廁所，又一家接一家地勸人蓋廁所，他跟祖父說，廁所和吃飯一樣重要……每次開村民大會，他一定會再三地說明廁所的重要性，有一次還說「廁所就是生命」，六叔跑到臺上去，不知道跟他說了些什麼，他馬上又補充了一句：「廁所爲成家之本！」

——廁所的故事

能够達到「會心」的效果，正好說明了阿盛寫作的題材，事實上都經過嚴格的選擇，而能通過阿盛選擇的關口者，大概是人性吧：

放心，有人會記得李仔高有多少錢，那些當年連叫聲大伯都不太心甘情願的侄子們、那些當年連兩百元都不太樂意出借的朋友們、那些當年連李仔高姓啥名啥都弄不清楚的遠親們，全部都在李仔高富得令人眼睛火燒紅蓮寺的時候，一夥夥陸續露臉了，他們的現身，對李仔高是大有助益的，人抬人，人拉人，人幫人，李仔高的一系列信託保險百貨食品醫院等公司，正是他們扶植起來的。

——打狗村奇人列傳

人性的善惡美醜原來是如此相對！阿盛以他的冷眼冷筆，從俗世中刻繪人性，放諸三十多年來的臺灣散文界，的確「只此一家，別無分店」。

處理這種「陽光之下無鮮事」的題材，而要使之「好鮮」，必須依賴出入自如的妙筆，阿盛的異質，自然也來自於他的筆路。經常閱讀阿盛作品的人不難發現，阿盛擅用「偏鋒」，每每正經八百地寫着，筆路一轉，立刻出現了令人噴飯的妙語：

我唸初二，在城裏頭一次看到電視機，……羡慕得不得了，回家跟哥哥姊姊們商量，打算建議阿母在過年時買一部電視機，商量的結果二姊和大哥想出了主意，派令我先去向老祖太撒嬌，……老祖太聽了半天，從懷裏摸出兩個五角銅幣給我，叫我趕快去買，還吩咐我找了錢記得拿回來！

——春花朶朶開

令人禁不住笑中含淚！而與詼諧對應的是諷刺，阿盛大概也是當代散文作家中最長於「諷喻體」的一位了，中文系出身的他，經常喜歡改易古代的「名言」，做諷刺今人的「警句」：

噫。鼠道之不傳久矣，鼠道之不復可知矣，亟須有心人學韓文公作「鼠說」，以匡正鼠道。蓋鼠者，所以偸盜、鑽隙、解門扣也。人非生而知鼠者，孰能無惑？惑而不說鼠，其爲惑也，終不解矣，鼠道之不匡，欲人之無惑也難矣。

——人鼠千秋誌

將古文辭「竄改」得一至於斯，也可見阿盛經營篇章時費心甚多。大約寫鄉里之事時，他出以俚俗之語；寫都市聞見時，出以現代用語；而寫諷喻之事，則間雜經過「修理」之古文。寫作語氣的轉折，以及諧謔氣氛的營造，均使阿盛的散文，在當代散文中，獨樹冷峻奇峯。

從題材的處理及技巧的運用來看阿盛的異質，乃就相對地顯出了國內散文界有待耕耘之處似乎仍多。鄉土文學論戰後，對於本土的關注，使我們的散文出現了較爲勁健的面貌，然而比對於詩與小說的多元化，我們的散文委實需要更多的不同的「阿盛」，挖掘更多的不同的題材、運用更多的不同的技巧，對我們的時代、土地付出更多的不同的關心。打破「規矩」、自塑規矩的作家愈多，我們的文學將更壯濶，更厚實！

也由此我們更加愛惜阿盛這樣一個作家，他選用世俗題材，在無花無月的風雪中，運用俚俗之語，通過險巇的急水，爲我們展示了散文的驚心與可愛。他捶打自己的筆，出入於人類已經慣用的語言中，給它們生機，讓它們登入「簡編」；他也提醒了我們的散文界，在華麗的文字、濫墾的感性之外，還有最逼近生活與人羣的聲音！

強哉矯阿盛。他的散文，當然未必會因「不規不矩」而「遽躋古人」，但他自己塑造的規矩「亦足以自立矣」！

三

當然，在不規不矩中求規矩的阿盛，絕不能就此「墨守」自己的「成規」。從他已經出版的雜文集「兩面鼓」與這本「行過急水溪」來看，阿盛已經有了自己的座標——經線上是人性的諷喻，緯線上是生活的刻繪。如果說「兩面鼓」的目的在於諷喻，「行過急水溪」則更進一層，將諷喻轉爲手段，藉以刻繪價值混淆的人世生活。猶似書名所象徵，阿盛選擇的，是一條隨時有覆滅可能的散文道路：他必須花費百倍於其他散文選手的心血，在激湍中展示伶俐的身手；及其身手伶俐也，卻又容易「習焉不察」，滅頂在他因擅長而可能流於「油腔滑調」的諷喻之中。

> 被農作鴨羣擠得成了蛇扭形的急水溪，非得痛下決心整治不可了。
>
> ——急水溪事件

我們希望，這樣的「事件」永遠不要出現在阿盛未來的散文路途上！我們盼望，不規不矩的阿盛永遠不規不矩下去，塑造自己的規矩，也打破自己的規矩，經由更多的人生體驗，愈漸深醇的生命智慧，行過危石險灘，引領我們去欣賞他所到達壯濶豐盛的大海——而那個時候，阿盛的座標應該是生活與土地的交織，人性成爲交織的梭，諷喻則隱於悲憫的皺紋下。

讓我們一起來看阿盛「行過急水溪」，也讓我們期待阿盛：行過急水溪後爲我們指出更夐遠的海洋！

七十三年十二月八日中國時報「人間」副刊

滄海叢刊已刊行書目㈠

書名	作者	類別
中國學術思想史論叢㈠㈡㈢㈣㈤㈥㈦㈧	錢穆	國學
國父道德言論類輯	陳立夫	國父遺教
兩漢經學今古文平議	錢穆	國學
先秦諸子論叢	唐端正	國學
先秦諸子論叢（續篇）	唐端正	國學
儒學傳統與文化創新	黃俊傑	國學
宋代理學三書隨劄	錢穆	國學
湖上閒思錄	錢穆	哲學
人生十論	錢穆	哲學
中國百位哲學家	黎建球	哲學
西洋百位哲學家	鄔昆如	哲學
比較哲學與文化㈠㈡	吳森	哲學
文化哲學講錄㈠㈡㈢	鄔昆如	哲學
哲學淺論	張康	哲學
哲學十大問題	鄔昆如	哲學
哲學智慧的尋求	何秀煌	哲學
哲學的智慧與歷史的聰明	何秀煌	哲學
內心悅樂之源泉	吳經熊	哲學
愛的哲學	蘇昌美	哲學
是與非	張身華譯	哲學
語言哲學	劉福增	哲學
邏輯與設基法	劉福增	哲學
中國管理哲學	曾仕强	哲學
老子的哲學	王邦雄	中國哲學
孔學漫談	余家菊	中國哲學
中庸誠的哲學	吳怡	中國哲學
哲學演講錄	吳怡	中國哲學
墨家的哲學方法	鐘友聯	中國哲學
韓非子的哲學	王邦雄	中國哲學
墨家哲學	蔡仁厚	中國哲學

滄海叢刊已刊行書目（二）

書名	作者	類別
知識、理性與生命	孫寶琛	中國哲學
逍遙的莊子	吳怡	中國哲學
中國哲學的生命和方法	吳怡	中國哲學
希臘哲學趣談	鄔昆如	西洋哲學
中世哲學趣談	鄔昆如	西洋哲學
近代哲學趣談	鄔昆如	西洋哲學
現代哲學趣談	鄔昆如	西洋哲學
佛學研究	周中一	佛學
佛學論著	周中一	佛學
禪話	周中一	佛學
天人之際	李杏邨	佛學
公案禪語	吳怡	佛學
佛教思想新論	楊惠南	佛學
禪學講話	芝峯法師	佛學
當代佛門人物	陳慧劍	佛學
不疑不懼	王洪鈞	教育
文化與教育	錢穆	教育
教育叢談	上官業佑	教育
印度文化十八篇	糜文開	社會
清代科舉	劉兆璸	社會
世界局勢與中國文化	錢穆	社會
國家論	薩孟武譯	社會
紅樓夢與中國舊家庭	薩孟武	社會
社會學與中國研究	蔡文輝	社會
我國社會的變遷與發展	朱岑樓主編	社會
開放的多元社會	楊國樞	社會
社會、文化和知識份子	葉啓政	社會
財經文存	王作榮	經濟
財經時論	楊道淮	經濟
中國歷代政治得失	錢穆	政治
周禮的政治思想	周世輔 周文湘	政治
儒家政論衍義	薩孟武	政治
先秦政治思想史	梁啓超原著 賈馥茗標點	政治
憲法論集	林紀東	法律

滄海叢刊已刊行書目 (三)

書名	作者	類別
憲法論叢	鄭彥棻	法律
師友風義	鄭彥棻	歷史
黃帝	錢穆	歷史
歷史與人物	吳相湘	歷史
歷史與文化論叢	錢穆	歷史
中國人的故事	夏雨人	歷史
老台灣	陳冠學	歷史
古史地理論叢	錢穆	歷史
我這半生	毛振翔	歷史
弘一大師傳	陳慧劍	傳記
蘇曼殊大師新傳	劉心皇	傳記
孤兒心影錄	張國柱	傳記
精忠岳飛傳	李安	傳記
師友雜憶 八十憶雙親 合刊	錢穆	傳記
中國歷史精神	錢穆	史學
國史新論	錢穆	史學
與西方史家論中國史學	杜維運	史學
清代史學與史家	杜維運	史學
中國文字學	潘重規	語言
中國聲韻學	潘重規 陳紹棠	語言
文學與音律	謝雲飛	語言
還鄉夢的幻滅	賴景瑚	文學
葫蘆・再見	鄭明娳	文學
大地之歌	大地詩社	文學
青春	葉蟬貞	文學
比較文學的墾拓在臺灣	古添洪 陳慧樺	文學
從比較神話到文學	古添洪 陳慧樺	文學
牧場的情思	張媛媛	文學
萍踪憶語	賴景瑚	文學
讀書與生活	琦君	文學
中西文學關係研究	王潤華	文學
文開隨筆	糜文開	文學

滄海叢刊已刊行書目 (四)

書名	作者	類別
知識之劍	陳鼎環	文學
野草詞	韋瀚章	文學
現代散文欣賞	鄭明娳	文學
現代文學評論	亞菁	文學
當代台灣作家論	何欣	文學
藍天白雲集	梁容若	文學
思齊集	鄭彥棻	文學
寫作是藝術	張秀亞	文學
孟武自選文集	薩孟武	文學
歷史圈外	朱桂	文學
小說創作論	羅盤	文學
往日旋律	幼柏	文學
現實的探索	陳銘磻編	文學
金排附	鍾延豪	文學
放鷹	吳錦發	文學
黃巢殺人八百萬	宋澤萊	文學
燈下燈	蕭蕭	文學
陽關千唱	陳煌	文學
種籽	向陽	文學
泥土的香味	彭瑞金	文學
無緣廟	陳艷秋	文學
鄉事	林清玄	文學
余忠雄的春天	鍾鐵民	文學
卡薩爾斯之琴	葉石濤	文學
青囊夜燈	許振江	文學
我永遠年輕	唐文標	文學
思想起	陌上塵	文學
心酸記	李喬	文學
離訣	林蒼鬱	文學
孤獨園	林蒼鬱	文學
托塔少年	林文欽編	文學
北美情逅	卜貴美	文學
女兵自傳	謝冰瑩	文學
抗戰日記	謝冰瑩	文學
給青年朋友的信（上）（下）	謝冰瑩	文學

滄海叢刊已刊行書目(五)

書名	作者	類別
孤寂中的廻響	洛夫	文學
火天使	趙衛民	文學
無塵的鏡子	張默	文學
大漢心聲	張起鈞	文學
回首叫雲飛起	羊令野	文學
文學邊緣	周玉山	文學
大陸文藝新探	周玉山	文學
累廬聲氣集	姜超嶽	文學
實用文纂	姜超嶽	文學
林下生涯	姜超嶽	文學
材與不材之間	王邦雄	文學
人生小語	何秀煌	文學
印度文學歷代名著選(上)(下)	糜文開	文學
比較詩學	葉維廉	比較文學
結構主義與中國文學	周英雄	比較文學
主題學研究論文集	陳鵬翔主編	比較文學
中國小說比較研究	侯健	比較文學
現象學與文學批評	鄭樹森譯編	比較文學
韓非子析論	謝雲飛	中國文學
陶淵明評論	李辰冬	中國文學
中國文學論叢	錢穆	中國文學
文學新論	李辰冬	中國文學
分析文學	陳啓佑	中國文學
離騷九歌九章淺釋	繆天華	中國文學
苕華詞與人間詞話述評	王宗樂	中國文學
杜甫作品繫年	李辰冬	中國文學
元曲六大家	應裕康 王忠林	中國文學
詩經研讀指導	裴普賢	中國文學
莊子及其文學	黃錦鋐	中國文學
歐陽修詩本義研究	裴普賢	中國文學
清真詞研究	王支洪	中國文學
宋儒風範	董金裕	中國文學
紅樓夢的文學價值	羅盤	中國文學

滄海叢刊已刊行書目 (六)

書名	作者	類別
中國文學鑑賞舉隅	黃慶萱 許家鸞	中國文學
唐代黨爭與文學的關係	傅錫壬	中國文學
浮士德研究	李辰冬譯	西洋文學
蘇忍尼辛選集	劉安雲譯	西洋文學
文學欣賞的靈魂	劉述先	西洋文學
西洋兒童文學史	葉詠琍	西洋文學
現代藝術哲學	孫旗譯	藝術
音樂人生	黃友棣	音樂
音樂與我	趙琴	音樂
音樂伴我遊	趙琴	音樂
爐邊閒話	李抱忱	音樂
琴臺碎語	黃友棣	音樂
音樂隨筆	趙琴	音樂
樂林蓽露	黃友棣	音樂
樂谷鳴泉	黃友棣	音樂
樂韻飄香	黃友棣	音樂
水彩技巧與創作	劉其偉	美術
繪畫隨筆	陳景容	美術
素描的技法	陳景容	美術
人體工學與安全	劉其偉	美術
立體造形基本設計	張長傑	美術
工藝材料	李鈞棫	美術
石膏工藝	李鈞棫	美術
裝飾工藝	張長傑	美術
都市計劃概論	王紀鯤	建築
建築設計方法	陳政雄	建築
建築基本畫	陳榮美 楊麗黛	建築
中國的建築藝術	張紹載	建築
室內環境設計	李琬琬	建築
現代工藝概論	張長傑	雕刻
藤竹工	張長傑	雕刻
戲劇藝術之發展及其原理	趙如琳	戲劇
戲劇編寫法	方寸	戲劇